MAFIA-BLUT

DONALD HAMILTON

MAFIA-BLUT

**DIE SPANNENDSTEN
KRIMINALGESCHICHTEN**

Titel des Originals ,, The Terrorizers "

Aus dem Amerikanischen übersetzt von Willy Thaler

© *1977, Donald Hamilton*
Gesamtdeutsche Rechte bei Scherz Verlag Bern und München
Edito-Service S.A., Genf, Verleger

ISBN 2-8302-0316-X

ERSTES KAPITEL

Sie fischten mich an einem frühen Herbstmorgen in dichtem Nebel aus der Hekate-Meerenge vor der Küste von Britisch-Kolumbien. Zum Glück fuhr das Schiff ganz langsam und hatte einen Beobachtungsposten am Bug, der das Flugzeug abstürzen sah. Einen einzelnen Mann in einer Schwimmweste kann man auf See leicht übersehen, und dann wäre es ziemlich bald mit mir zu Ende gewesen. Ich wäre nicht weit gekommen.
Das Schiff war die *Island Prince*, ein kleiner, alter Frachter skandinavischer Herkunft, und brachte mich zur nächsten Anlegestelle auf den Inseln. Dort wartete ein über Funk alarmierter Hubschrauber, um mich über die Meerenge zum Prinz-Rupert-Krankenhaus zu fliegen, das, da es ein großes Gebiet versorgt, für solche Notfälle wie meinen einen Landeplatz hat.
Nun, vielleicht nicht genau solche Fälle wie meinen. Natürlich stürzen gecharterte Geländeflugzeuge gelegentlich ab, und ich bin sicher, es kam auch schon früher mal vor, daß nur ein Passagier am Leben blieb. Daß der Überlebende im Lauf der Begebenheiten einen schweren Schlag auf den Kopf abbekommt, ist, vermute ich, auch nichts Außergewöhnliches. Ich bezweifle auch nicht, daß es schon Fälle gab, vielleicht sogar in dem Krankenhaus, in das man mich gebracht hatte, bei denen sich der halb erfrorene, von Kopfschmerzen gepeinigte Überlebende zuerst kaum erinnern konnte, was ihm zugestoßen war; aber ich bin ziemlich sicher, in den meisten dieser Fälle erinnerte er sich bald wieder, wer er war . . .
»Paul, Liebster!« Das war Kitty, die, wie gewöhnlich, ohne anzuklopfen mit einer Zeitung und einem Armvoll Blumen in mein Krankenzimmer stürmte. Also, sie behauptete, sie wäre Kitty. Durch mich ließ sich das nicht beweisen. Ihr wirklicher Name war Catherine Davidson, das hatte sie mir gegenüber zumindest behauptet, als sie von

meinem Gedächtnisverlust erfuhr. Ich solle sie bei ihrem Kosenamen nennen, das hätte ich doch immer getan. Jetzt legte sie die Zeitung aufs Bett und sah sich suchend im Zimmer um. »Wo, zum Teufel, soll ich die Blumen hintun?«
»Vielleicht versuchst du's mit der Bettschüssel«, sagte ich.
»Das nenn' ich Dankbarkeit«, rief sie. »Das hat ein Mädchen davon, wenn es versucht, das Leben des Patienten heiter zu gestalten.«
Ich beäugte müde den Riesenstrauß. »Woher weißt du, daß ich nicht Heuschnupfen habe?«
»Also, wenn du ihn hast, weiß ich nichts davon. Hast du welchen?«
»Machst du Witze? Wenn ich nicht weiß, wer ich bin, wie soll ich da wissen, welche Krankheiten ich habe?«
Es war eine Zeitlang still. Kitty entledigte sich ihrer Last, indem sie sie in den Wasserkrug auf dem Toilettentisch stellte. Sie schlüpfte aus ihrem Mantel und ließ ihn auf einen Stuhl fallen. Dann kam sie ans Bett.
»Entschuldige, Liebster«, sagte sie. »Ich vergesse es immer wieder . . . Noch nicht besser?«
»Nein, Madam. Alles, was ich außer dem, was du mir erzählst, weiß, entnehme ich der Lektüre der Zeitungen aus Vancouver, die du mir bringst; und in eurer verdammten kanadischen Politik kenn' ich mich noch immer nicht aus.«
»Das spielt doch keine Rolle, oder? Ich meine, woran du dich nicht erinnerst. Es wird dir schon wieder einfallen. Inzwischen weiß ich genau, wer du bist. Du bist Paul Horace Madden, aus Seattle, ein sehr guter freischaffender Fotograf und ein sehr netter Kerl, den ich heiraten werde, sobald er wieder auf den Beinen ist, und er sollte sich damit nicht allzuviel Zeit lassen, sonst kriech' ich noch zu ihm in dieses Krankenhausbett.«
Ich sah sie an und fragte mich, ob in diesem Teil der Welt alle schönen Frauen bauschige Hosen trugen oder ob sie einen Einzelfall darstellte. Sie war ziemlich groß, sehr schlank, hatte braunes Haar und ein kleines reizvolles Gesicht mit frischen Wangen. Sie trug einen rosa Pullover, eine rosa Bluse mit tiefem Ausschnitt und eine lange rosa Hose, die, wie ich schon sagte, lächerlich weit war. Trotzdem schaffte sie es, keinen Zweifel daran zu lassen, daß ihre unsichtbaren Beine wunderschön geformt und daß ihre ebenso unsichtbaren Knöchel schmal und rassig waren. Der Gedanke, mit ihr ein Bett zu teilen, war nicht gerade abstoßend. Nach dem zu schließen, was sie mir gesagt hatte, und nach Aussagen der Behörden, die mich wegen des Absturzes befragt

hatten, würde es nicht zum erstenmal passieren. Es schien ungalant von mir, es vergessen zu haben.
Dennoch sagte ich bestimmt: »Sie verzeihen, Madam, aber im Augenblick wünsche ich mir mehr, aus diesem verdammten Bett rauszukommen, als Sie hineinzubekommen. Alles schön der Reihe nach, nicht wahr? Nicht daß ich Ihr Angebot nicht zu schätzen wüßte. Ich würde mir mit Vergnügen die Einladung für später und für einen anderen Ort gutschreiben lassen.«
Sie zog eine Grimasse und lachte. »Also gut, ich werde dich heute nicht vergewohltätigen, wenn du so schüchtern bist, Liebster ... Was sagen die Ärzte? Haben sie einen Termin genannt, an dem du das Krankenhaus verlassen kannst?«
»Mir scheint, die würden mich gleich gehen lassen, wenn ich nicht so ein faszinierender Fall wäre. Sie warten nur hoffnungsvoll darauf, daß mir alles in einer Flut herrlicher Erinnerungen wieder einfällt.«
Ich verzog das Gesicht. »Bitte, Kitty, gehen wir es noch einmal durch, wenn es dir nichts ausmacht.«
Sie zuckte zusammen. »Ach, Liebster, wir haben es doch schon so oft getan – aber wenn du meinst, es könnte dir helfen, natürlich.« Sie setzte sich auf den Bettrand. »Wo willst du beginnen?«
»Bei der Tatsache, daß ich P. H. Madden bin und in Seattle, Brightwood Way 2707, Bellevue, wohne, wie du mir sagtest. Was ist Bellevue?«
»Ein Vorort von Seattle. Hügelig. Dein Haus liegt an einer ziemlich steilen kleinen Straße. Du mußt viele Stufen hochsteigen, um zu deiner Eingangstür zu kommen, die an der Seitenwand des Hauses liegt.« Kittys Stimme klang mechanisch, was verständlich war. Sie fuhr fort: »Oder du kannst von der Straße aus in die Garage fahren und von da direkt in den Keller gehen, wo du eine erstklassige Dunkelkammer hast, alles tadellos, ein richtiges Labor. Dann gehst du eine Treppe hoch ins Wohnzimmer. Da ist es nicht ganz so ordentlich. Küche. Wohnzimmer. Zwei Schlafzimmer und ein Bad. Du verwendest eines der Schlafzimmer als Büro. Massenhaft Aktenschränke voller Fotos. An der Vorderfront des Hauses, über der Garage, gibt es eine Veranda oder Sonnenterrasse.« Sie blickte mich hoffnungsvoll an. »Erinnerst du dich daran?«
Es war detailliert und klang überzeugend, aber ich erkannte es nicht als das Haus wieder, in dem ich gewohnt hatte. »Überhaupt nicht. Ich nehme an, ich war nicht lange dort. Etwa sechs Monate, sagtest du.«

Kitty nickte. »Ja, du hast mir erzählt, daß du viele Jahre auf Reisen warst. Freischaffender Fotograf in den verschiedensten Winkeln der Erde. Später hast du in Vietnam Bilder für eine Illustrierte gemacht und wurdest verletzt. Danach arbeitetest du bei einer Ölfirma im Vorderen Orient, glaube ich und auch in Alaska – es hatte etwas mit der Pipeline zu tun. Schließlich hattest du aber genug von dem Nomadenleben und hast beschlossen, einen Ort zu suchen, wo du ein ständiges Hauptquartier einrichten und die Art von Fotos machen könntest, die dir wirklich gefallen.«
Ich dachte ein wenig darüber nach und schüttelte den Kopf. »Leider immer noch kein Klicken. Man sollte doch meinen, ein Mensch würde sich daran erinnern, daß er in Vietnam war.« Komisch, daß ich über Vietnam informiert zu sein schien, ohne mich im geringsten an mein dortiges Leben zu erinnern, aber langsam gewöhnte ich mich an solche Ungereimtheiten. Ich zog die Schultern hoch. »Okay, versuchen wir etwas anderes. Ich mache Fotos, um Geld zu verdienen.«
»Besonders gut bist du bei Tieren und vor allem bei Vögeln; sehr gut im Wald und sehr geduldig. Wir hatten einmal Streit, als du mich mitnahmst und ich deiner Meinung nach nicht ruhig genug war. Ich dachte, ich säße da wie ein Fels. Du hast alles mögliche Zubehör für Fotos durch Fernsteuerung oder aus großer Entfernung. Du machst natürlich nicht nur Tieraufnahmen. Fischer- und Jägergeschichten, Artikel über Öl, Bergwerke und Holzfäller . . . So haben wir uns auch kennengelernt.«
»Erzähl es mir noch einmal.«
»Also gut . . . Ich arbeite bei der Malaspina Nutzholz Gesellschaft in ihrer Niederlassung in Vancouver. Und zwar sitze ich im Büro für Kontaktpflege. Du machtest einen Artikel über die Nutzholzindustrie, und ich wurde eingesetzt, um dir zu helfen. Zum Beispiel arrangierte ich, daß dich ein Hubschrauber der Firma jeweils dorthin brachte, wo du hinwolltest; Dinge dieser Art.«
»Aber das letztemal nahm ich keinen Hubschrauber.«
»Nein«, sagte sie, »das war ein Wasserflugzeug, eine DeHaviland Beaver, glaube ich, die du drüben am Strand gechartert hast. Das ist mit Sicherheit anzunehmen. Mit denen fliegt jeder. Die Firma heißt North-Air. Der Name des Piloten war Walters, Herbert Walters. Du bist schon früher mit ihm geflogen. Ich war im Osten, hatte in unserem Büro in Toronto zu tun, und wußte nicht einmal, daß du über Vancouver fliegst, bis ich zurückkam und deine Nachricht vorfand, daß du vorbeigekommen warst und auf deinem Weg nach Süden

wieder vorbeikommen würdest . . . Aber du kamst nicht. Das nächste, was ich erfuhr, war, daß du bei den Königin-Charlotte-Inseln aufgefischt worden bist.«
»Und du hast keine Ahnung, woran ich arbeitete?«
Sie schüttelte den Kopf. »Das weiß keiner, Liebster. Du hast es anscheinend niemandem bei North-Air gesagt, es sei denn, du erzähltest es Walters, als ihr schon in der Luft wart. Sie wissen nur, daß du zu einem kleinen See gebracht werden wolltest, ziemlich weit landeinwärts, wo du schon einmal warst. Sie haben keine Ahnung, wieso du plötzlich hundertfünfzig Kilometer weiter im Nordwesten im Meer herumschwammst.«
Ich zog eine Grimasse. »Die Leute von MOT, dem Verkehrsministerium, die die Nachforschungen führen, waren mit mir anscheinend nicht glücklich; und der Bursche in Zivil von eurer Polizei auch nicht, der mit dem dunklen Gesicht, der dabei war, als man mich befragte. Ich versuche noch immer herauszufinden, wessen, zum Teufel, sie mich verdächtigen. Soll ich etwa den Piloten ermordet, das Flugzeug zertrümmert, mir selbst eins über den Schädel gezogen haben und im Nebel schwimmen gegangen sein, alles nur zum Spaß?«
Kitty lachte. »Ach, ich glaube nicht, daß sie direkte Pläne haben, dich ins Gefängnis zu sperren. Nur ist Gedächtnisverlust, nun ja, eine ziemlich merkwürdige –« Sie brach verlegen ab.
»Ja, merkwürdig«, sagte ich und tätschelte ihr Knie. »Gib noch nicht auf! Hören wir uns mal die interessanten Dinge an, zum Beispiel, wie ich es schaffte, mir eine kanadische Verlobte anzulachen, wo ich doch drüben in den Vereinigten Staaten lebe.«
Sie lächelte. »Nach unseren geschäftlichen Beziehungen schienst du ziemlich oft den Weg über die Grenze zu finden, Mr. Madden. Natürlich hattest du hier bereits gearbeitet, bevor wir uns kennenlernten, und es sind ja nur zweihundert Kilometer, alles Autobahn.«
»Dennoch ein hübsches Stück Weg«, sagte ich. »Ich muß wohl Mangel an Mädchen gehabt haben.«
Sie warf mir einen raschen Blick zu, dann lachte sie. Wir blickten uns eine Weile an. Sie beugte sich vor, um geküßt zu werden. Ihre Lippen waren weich und gierig. Die keuschen Vorsätze, die ich eben verkündet hatte, schwanden dahin; aber diese verdammte rosa Hose erwies sich als ernstes Hindernis. Vorläufig zumindest mußte ich mich darauf beschränken, den warmen Mädchenkörper durch den dünnen Stoff zu erforschen . . .
»Nicht, Paul!«

Ich seufzte, ließ den Reißverschluß los, den ich endlich gefunden hatte, und gab sie frei. Jedenfalls war es nett zu wissen, daß gewisse Reize – Gedächtnis oder nicht – noch immer die entsprechenden Reaktionen hervorriefen. Kitty setzte sich auf und schob das lange, glatte braune Haar aus ihrem kleinen Gesicht. Ihre Wangen waren gerötet, und sie sah wirklich sehr hübsch aus – wenn man für Schwindlerinnen etwas übrig hatte.
»Tut mir leid, Madam«, sagte ich steif. »Ich dachte, ich hörte jemand große Töne reden von Ins-Bett-Kommen und Vergewohltätigen und dergleichen, aber ich muß mich wohl geirrt haben. Bitte ergebenst um Verzeihung, Madam. Ich wollte bestimmt nicht zudringlich werden, Madam.«
Ärgerlich erwiderte sie: »Oh, ich bin nicht blöde! Nur . . . *so* gut geht es dir ja noch nicht, und außerdem ist die Tür nicht abgeschlossen, und die Schwester kann jeden Augenblick den Kopf hereinstecken.«
»Natürlich.«
Sie erhob sich und verzog das Gesicht, als sie ihr leicht ramponiertes Aussehen bemerkte. Sie zog den Reißverschluß wieder zu, schob die Hose zurecht, steckte die Bluse hinein und streifte den Pulli glatt.
»Ich . . . ich komme morgen wieder«, sagte sie und verschwand, wobei sie auf dem Weg hinaus nach dem Mantel griff.
Ein Gentleman hätte seine niedrigen Instinkte gebändigt, sobald er merkte, daß die Dame nicht einverstanden war; aber ich war kein Gentleman, ich war ein Kerl mit einem verbundenen Kopf und ohne Gedächtnis, der ein paar Dinge über sich selbst und andere Leute herauszufinden suchte. Nun war ich verwirrt und erregt über das, was ich erfahren hatte.
Meine hübsche Verlobte hatte allen weisgemacht, daß wir unsere bevorstehende Hochzeit wiederholt im voraus gefeiert hätten. Sie hatte das ganz schamlos zugegeben. Es schien jedoch Tatsache zu sein, daß wir uns nicht einmal gut genug kannten, um uns ohne allerhand vorheriges Herumfummeln zu küssen. Mein Gedächtnis mochte lückenhaft sein, aber ich hatte den deutlichen Eindruck, daß Menschen, die seit Monaten liiert sind, was bei uns der Fall sein sollte, im allgemeinen geschickter ihren Weg in eine Umarmung finden, als das bei uns der Fall gewesen war.
Das Telefon klingelte. Es erschreckte mich; dann beschloß ich, es müsse Kitty sein, die anrief, um die Dinge zwischen uns wieder in Ordnung zu bringen. Ich hob den Hörer ab.
Eine Männerstimme fragte: »Helm?«

Die Stimme sagte mir gar nichts, und der Name auch nicht. »Wer heißt Helm?« fragte ich.
»Sie«, erwiderte die Stimme. Dann war die Leitung tot.

ZWEITES KAPITEL

Langsam legte ich den Hörer auf. Okay, ich hatte also einen Anfall von Amnesie; das konnte ich überleben. Früher oder später würde die Vergangenheit zurückkehren. Worauf es ankam, war, daß ich lebte, daß man mich gut betreute, daß ich eine reizende Verlobte hatte, die bereit war, meine Probleme zu teilen, daß ich eine Wohnung und ein Geschäft besaß. Einige Beamte hatten mir eingehende Fragen gestellt, gewiß, aber das gehörte zur normalen Routine nach einem Flugzeugabsturz. Ich war ein ziemlich gewöhnlicher Mann namens Madden, der mit knapper Not dem Tod entkommen war und einfach seine Kräfte wiederfinden und sein altes Leben wieder aufnehmen sollte. So war es bis eben gewesen. Nun war alles hin, kaputtgemacht, durch einen Kuß und einen Telefonanruf. Meine reizende Verlobte war eine süße kleine Schwindlerin. Und ich hieß nicht Madden . . .
Ich holte tief Luft und befahl mir, mich zu entspannen. Mein Instinkt sagte mir, daß ich die Dinge lieber ernst nehmen sollte. Möglich, daß ich mir aus Kittys Reaktion zuviel zusammenreimte, aber niemand würde einen Krankenhauspatienten mit einem schweren psychologischen Problem besuchen und ihm bloß zum Spaß einen fremden Namen hinwerfen. Und der Name Helm verriet mir noch immer nichts. Ein altmodischer militärischer Kopfschutz, ein Familienname nordischen oder deutschen Ursprungs.
Helm. Wenn ich Helm war, wie die Stimme behauptet hatte, wer war dann Madden, wenn es einen Madden gab?
Aber es mußte einen Madden geben. Da der wahrscheinliche Tod des Piloten untersucht werden mußte, hatten mich die kanadischen Behörden zumindest bis zu dem Haus in Bellevue, im Staate Washington, zurück überprüft, wenn nicht noch viel weiter. Es mußte einen Madden geben, der an dieser Adresse wohnte und Berufsfotograf war, oder die Befragung, der ich unterworfen worden war, wäre viel länger und energischer gewesen.
Ich erinnerte mich an den klotzigen, dunklen Kerl in Zivil von der kanadischen Polizei. Der hatte sich hinter seiner ausdruckslosen Miene

eine Menge gedacht. Sogar als Kitty mich identifizierte, hätte er irgendwelche erkennbaren Widersprüche gefunden, wenn es solche zu finden gegeben hätte. Madden mußte also existieren – oder nicht? Schließlich hatte man mir gesagt, er sei erst vor etwa sechs Monaten in Seattle aufgetaucht.
Gab es vielleicht einen gewissen Helm, der ein Haus gemietet, eine Dunkelkammer eingerichtet und Geschäftskarten mit einem Namen verteilt hatte, der nicht der seine war? Wenn dem so war, dann warum? Und wenn dem so war, warum erzählte Miss Catherine Davidson Geschichten von unserem phantastischen Sexleben, wenn sie in Wirklichkeit anscheinend ein ziemlich gehemmtes Mädchen war, das geradezu in Panik vor der suchenden Hand eines Mannes zurückschreckte, ganz zu schweigen von dem Reißverschluß ihrer extravaganten Hose.
Helm, dachte ich. Eine mysteriöse Persönlichkeit namens Helm, die behauptete, ein freischaffender Fotograf namens Madden zu sein. Ein Detektiv, der einem Verbrecher oder einer Verbrecherorganisation auf der Spur war? Ein Agent oder Gegenagent? Ein Einbrecher oder Betrüger, der einen großen Coup vorbereitete? Jedenfalls schien dieser merkwürdige Bursche mit einem gecharterten Flugzeug nach Norden in die kanadischen Wälder geflogen und dann weit entfernt von seinem angenommenen Bestimmungsort ohne sein Flugzeug, seinen Piloten und sein Gedächtnis im Meer schwimmend aufgetaucht zu sein. Dann war passenderweise eine reizvolle Frau erschienen und hatte diesen Komödianten für ihren Geliebten und zukünftigen Ehemann ausgegeben und seine falsche Identität bestätigt . . . alles Unsinn!
Mein Kopf begann zu schmerzen. Ich griff nach der Zeitung auf dem Bett und zwang mich, mir die wilden Vermutungen aus dem Kopf zu schlagen. Die schweren Regenfälle der letzten Zeit hatten gewisse Straßen im Gebiet von Vancouver überschwemmt und einen großen Teil eines Städtchens drüben auf der Insel Vancouver unter Wasser gesetzt. Man darf das nicht verwechseln: Die Stadt Vancouver mit fast einer halben Million Einwohnern liegt auf dem Festland. Die Insel Vancouver ist etwas anderes: ein zerklüftetes Stück von Liegenschaften, fast fünfhundert Kilometer lang, in einiger Entfernung von der Küste. Die Hauptstadt der Provinz, Victoria, liegt auf dieser Insel. Die beiden Städte sind durch ein System von Fähren miteinander verbunden, deren eine soeben durch eine Bombe in die Luft gesprengt worden war, was die große Tagessensation lieferte: EXPLOSION TÖTET

DREI MENSCHEN.
Dankbar für etwas, das interessant genug war, mich von meinen eigenen Sorgen abzulenken, las ich den Artikel sorgfältig. Die Bombe war offenbar in einem alten Ford-Lieferwagen auf dem Autodeck versteckt und so eingestellt gewesen, daß sie in dem Augenblick explodierte, als das Fährboot nach Überquerung der achtzig Kilometer breiten Georgiastraße in Tsawwassen – fragen Sie mich nicht, wie man das ausspricht – anlegte. Zum Glück war der Lieferwagen beim Aufladen am Ende des Schiffes und nicht in der dichter beladenen Mitte der Fähre geparkt worden. Zum Glück war die Fähre auch bei ihrer Fahrt durch Nebel behindert worden; deshalb war die Explosion erfolgt, als sich die meisten Passagiere noch auf den oberen Decks aufhielten und noch nicht zu ihren Autos, also in die Nähe der Bombe, zurückgekehrt waren, um sich für die Landung vorzubereiten. Dennoch war ein Dutzend Menschen verletzt worden, und drei von ihnen waren gestorben, darunter ein bekannter kanadischer Politiker, von dem ich nie gehört hatte, der in seinem Wagen geblieben war, um an einer Wahlrede zu arbeiten, die er in Vancouver halten sollte. Er hieß Andrew McNair und war der Führer der Reformbewegung gewesen, was immer das sein mochte, in kanadischer Kurzform bekannt als Reformo.
Die Besatzung der Fähre hatte rasch reagiert und die Brände, die auf dem Autodeck ausgebrochen waren, unter Kontrolle gebracht. Wegen der Feuergefahr und der Möglichkeit, daß Benzintanks explodierten, hatte man alle Passagiere sofort an Land gesetzt, ohne das Eintreffen der Polizei abzuwarten. In der allgemeinen Verwirrung waren einige Menschen aus dem Landungsgebiet verschwunden, bevor es abgeriegelt werden konnte – darunter offenbar auch jene Person, die den Lieferwagen an Bord gefahren hatte.
Es folgte eine Beschreibung des Schadens, soweit er bis Drucklegung der Zeitung festgestellt worden war. Der Gedanke, die Bombe könnte von Feinden McNairs, eines anscheinend umstrittenen Politikers, gelegt worden sein, wurde deswegen verworfen, weil die Polizei in einer der Toiletten an einer Kabinenwand ein bekanntes Terroristensymbol, die Buchstaben PPP, mit Aerosol an die Wand gesprüht, gefunden hatte. Die gleichen Buchstaben seien im Vorjahr in San Francisco in einer Toilette entdeckt worden, nachdem dort eine Autobusstation in die Luft geflogen war, wobei sieben Menschen den Tod gefunden hatten.
Jemand klopfte an die Tür meines Zimmers. Schwestern und andere

Krankenhausangestellte klopfen entweder gar nicht oder klopfen und treten sofort ein.
»Herein«, rief ich, und die Tür ging auf.
Das Mädchen, das eintrat, war viel zu klein, um eine Polizistin zu sein, und sah auch keinem der Untersuchungsbeamten ähnlich, die ich bisher getroffen hatte. Ich war der Meinung, daß ich sie noch nie im Leben gesehen hatte.
»Tag, Paul«, sagte sie.
Offenbar hatte ich unrecht.

DRITTES KAPITEL

Sie kam eher zögernd näher. Sie war klein und schlank, ihr dichtes schwarzes Haar rundum kurz geschnitten, was auf asiatische Art recht hübsch war. Eines mußte man Mr. Madden lassen, dachte ich mir: Ob er wirklich existierte oder nicht, er verstand sie auszusuchen, auch wenn er Mädchen bevorzugte, die kaum einen Schatten warfen. Oder vielleicht hatte Helm sie ausgesucht, wer immer das sein mochte.
Das Mädchen trug ein sehr elegantes, gutgeschnittenes Tweedkostüm. Der seltene, kostbare Anblick von einem Paar hübscher Mädchenbeine in Nylonstrümpfen war fast zuviel für meinen geschwächten Zustand. Sie trug niedrige Plastiküberziehstiefel zum Schutz ihrer hochhackigen Schuhe vor dem Regen, eine große Handtasche und einen roten Regenmantel.
Es war an der Zeit, daß ich etwas von mir gab. »Hallo!« sagte ich.
Sie blieb neben dem Bett stehen und sah auf die Zeitung in meinen Händen. »Ist das nicht schrecklich«, sagte sie. »Diese Fähre, meine ich. Ich las davon auf dem Flug von Vancouver; einer der Jungs hatte hier in der Nähe eine Lieferung zu erledigen.«
»Schrecklich«, stimmte ich zu.
Meine Besucherin blickte mich eine Weile an. »Ich will mich nicht aufdrängen, Paul«, sagte sie. »Du hast einmal klar gesagt, was du von allzu anhänglichen Frauen hältst, und ich versuche bestimmt nicht . . . nun, lassen wir das. Aber ich könnte den Gedanken nicht ertragen, daß du hier liegst und dich fragst, ob ich . . . ob wir . . . ob irgend jemand bei North-Air dir die Schuld für das gibt, was Herbert zugestoßen ist.« Sie brach ab. Ich sagte nichts. Sie fuhr rasch fort, mit

einem ganz schwach anklingenden chinesischen Akzent: »Das tun wir natürlich nicht. Es wäre lächerlich, dir vorzuwerfen, daß du ihn für den Flug engagiert hast: Fliegen war sein Geschäft. Tatsächlich war es sehr nett, sehr anständig von dir, daß du weiter zu uns kamst, wenn du ein Flugzeug brauchtest, trotz . . . trotz allem. Es war sicher nicht deine Schuld, daß es so ausging. Schließlich verstehst du nichts vom Fliegen; und was immer geschah, ich bin sicher, du hättest es nicht verhindern können . . . Man sagt, du weißt wirklich nicht, was geschah. Das passiert oft bei einem schlimmen Absturz, das weiß ich. Ich wollte nur nicht, daß du deine Genesung, nun ja, verzögerst, indem du darüber nachgrübelst. Das geringste, was ich tun kann, Paul, ist, daß ich ebenfalls anständig bin.«
»Gewiß«, sagte ich. »Anständig.«
Sie blickte mich weiterhin an. »Das wäre alles. Ich muß wieder zurück zum Flugzeug, sonst fliegen sie ohne mich ab. Mir . . . mir fehlt Herb natürlich sehr, aber ich bin froh, daß du davongekommen bist, wirklich. Hoffentlich bist du bald wieder wohlauf.« Sie wollte gehen.
»Warte«, sagte ich.
Sie blieb stehen und warf mir einen Blick über die Schulter zu, irgendwie widerwillig. »Bitte. Wir haben uns schon vor Monaten alles gesagt, was es zu sagen gab. Ich tat jetzt nur meine Pflicht. Du willst doch nicht, daß ich bedaure . . .«
»Wie heißt du?« fragte ich.
Sie blieb lange regungslos stehen. Langsam wandte sie mir wieder ihr Gesicht zu. »Fragst du das im Ernst?«
»Man hat mir gesagt, ich sei Paul Madden, verlobt mit einem wunderbaren Mädchen namens Catherine Davidson. Von dir hat man mir nichts erzählt.«
»Das ist kaum verwunderlich«, antwortete sie ausdruckslos, »wenn deine Verlobte dir das erzählte.« Als ich schwieg, fuhr die Chinesin fort: »Ich hörte von den Inspektoren des MOT, daß du dich kaum an Einzelheiten des Absturzes erinnern kannst, aber ich dachte nicht im Traum . . .«
Sie beendete den Satz nicht, und ich sagte: »Wie du bemerkt hast, kann ich noch immer gut Englisch. Ich erinnere mich sogar noch an einige spanische Worte und an ein, zwei andere Sprachen, die ich ein bißchen beherrschte. Ich erinnere mich an das, was geschieht, wenn man zwei und zwei addiert oder multipliziert. Ich kann dir von der amerikanischen Revolution und vom Bürgerkrieg erzählen. Ich scheine mich sogar zu erinnern, daß es da vor kurzem einen Konflikt

in Vietnam gab, aber obwohl ich mit der Kamera dort gewesen sein soll, erinnere ich mich nicht daran. Ich kann dir ein wenig darüber erzählen, wie New York aussieht, oder Seattle oder Vancouver, aber irgendwie sehe ich mich selbst nicht auf diesen Bildern, wenn du verstehst, was ich meine. Ich weiß nicht, wann ich dort war, wenn ich überhaupt dort war, oder was ich dort tat oder wen ich dort traf. Klar?«

»Du hättest mich unterbrechen können, bevor ich mich so verdammt lächerlich machte!«

»Ich mußte dich reden lassen. Entschuldige, aber vielleicht hättest du etwas gesagt, das meine Erinnerung wachgerufen hätte.«

»Hab' ich das?«

Ich schüttelte den Kopf. »Keinerlei Erinnerung.« Nach einer Weile sagte ich langsam: »Ich brauche jede Information, die ich kriegen kann. Auch wenn ich nicht mehr als netter Kerl dastehe.«

Sie zog die Stirn in Falten, starrte mich an und versuchte herauszufinden, ob ich sie auf den Arm nahm.

»Also gut«, hauchte sie endlich. »Vielleicht ist es ein Spiel, aber ich werde mitspielen, Paul.« Sie machte eine Pause, um die Dinge in ihrem Kopf zu ordnen, dann sagte sie in kurzen, sachlichen Sätzen: »Ich heiße Sally Wong und arbeite bei North-Air, am Flugkartenschalter. Wir lernten uns vor ungefähr sechs Monaten kennen, kurz nachdem du nach Seattle zogst, glaube ich. Du warst hergekommen, um Fotos in einem Vogelschutzgebiet zu machen. Dann hast du bei uns ein Flugzeug gechartert, das dich zu einem See im Norden brachte, wo du mehrere Tage gecampt hast, um seltene Enten oder so was zu fotografieren. Wir holten dich laut Verabredung wieder ab. Du schienst deinen Piloten, Herbert Walters, gern zu haben. Nachher machtest du alle deine Flüge mit uns. Damals waren Herbert und ich . . . also, er war in mich verliebt, und ich konnte mich nicht entschließen. Dann begann es zwischen dir und mir . . .« Sie brach ab und machte eine leichte, hilflose Geste. »Die leeren Stellen kannst du selbst ausfüllen! Es war . . . eine Zeitlang sehr nett. Schließlich lerntest du ein anderes Mädchen kennen, bei einem Job für eine Illustrierte. Vielleicht hatte ich die Dinge ein wenig zu ernstgenommen. Jedenfalls war es keine sehr gute Szene, wie die jungen Leute heute sagen. Zum Glück für mich wartete der große, starke, treue Herbert geduldig darauf, daß ich vernünftig wurde . . .« Sie zog ihre schmalen Schultern in der eleganten Tweedjacke hoch. »Das wär's, Mr. Amnesie! Hoffentlich hilft es dir. Wir Wongs sind bekannt für unsere Menschenfreundlich-

keit.« Sie wandte sich ab und eilte zur Tür.
»Miss Wong«, rief ich.
»Ja«, sagte sie, mit der Hand auf dem Türknopf.
»Danke!«
Sie warf mir einen kurzen Blick zu. Ich erschrak, denn ihre Augen waren feucht. Sie öffnete die Tür und ging hinaus. Nach einer Weile stieg ich aus dem Bett. Meine Beine waren noch einigermaßen schwach, aber sie brachen unter meinem Gewicht nicht zusammen; schließlich machte ich den mutigen Gang zur Toilette schon seit einigen Tagen. Ich stand vor dem Spiegel und sah vor mir einen großen mageren Burschen in zerknittertem Pyjama mit einem Verband um den Kopf. Der Kerl, Madden oder Helm oder wer immer, zum Teufel, er sein mochte, sah nicht sehr nach einem Herzensbrecher aus, aber so was kann man nie wissen.

In dieser Nacht träumte ich von meiner Knabenzeit. Als ich im Dunkel erwachte, verschwanden die Bilder und lösten sich auf, als ich sie zurückrufen und Einzelheiten erforschen wollte. Ich schlief wieder ein. Vor der Besuchszeit am nächsten Morgen gingen wir die übliche Krankenhausroutine durch. Der Chirurg, ein älterer Typ namens De-Long, nahm den Kopfverband ab und ersetzte ihn durch ein übergroßes Heftpflaster. Er sagte mir, alle Reaktionen seien positiv, und soweit es ihn beträfe, lungere ich bloß herum und beanspruche wertvollen Platz, den man für kranke Menschen brauche. Dann kam der Psychiater an die Reihe. Er war jung, eifrig, finster, mit einer großen Adlernase und einem mageren, dunklen Gesicht. Er hieß Dr. Lilienthal. Ich sagte, es gehe mir besser, was stimmte, und erzählte meinen mitternächtlichen Traum von der Vergangenheit. Den mysteriösen Telefonanruf erwähnte ich nicht. Schließlich war er Arzt, nicht Detektiv.
»Ja, ich glaube, wir machen Fortschritte«, sagte er, als ich fertig war. »Aber Sie hatten ein häßliches Erlebnis, und Ihr Gehirn versucht sichtlich, Sie davor zu schützen. Wie so viele freiwillige Helfer reagiert das Gehirn oft übertrieben.« Er zögerte. »Wenn Sie sich stark genug fühlen, Mr. Madden, möchte ich, daß wir ein wenig sondieren. Wir haben die Dinge ihrem eigenen Rhythmus überlassen, während Sie wieder zu Kräften kamen, aber nun hat Dr. Long Sie als einigermaßen fit erklärt, und daher wollen wir sehen, ob wir die Dinge ein wenig beschleunigen können. Erzählen Sie mir von diesem Vorfall aus Ihrer Knabenzeit, an den Sie sich in Ihrem Traum erinnerten. Worum handelte es sich dabei?«

»Um eine Jagd«, sagte ich. »Eine Taubenjagd. Mit meinem Vater. In meinem Traum hatten wir einen Hund dabei, einen großen deutschen kurzhaarigen Vorstehhund namens Buck. Man verwendet einen Vorstehhund natürlich nicht zum Auffinden von Tauben, wie bei der Fasanen- oder Wachteljagd . . . Wollen Sie wirklich alles hören? Ich muß anscheinend ein wenig im Kreis denken, bevor ich es in den Griff bekomme.«
»Nur weiter.«
»Wir verwendeten Buck als Apportierhund für Tauben. Er sollte die Vögel bringen, die herunterfielen. Die sind nämlich verdammt geschickt, um jede Art Deckung zu finden, wenn man keinen Hund hat, und mein Vater konnte es nicht leiden, wenn man Tiere erlegte und sie zugrunde gehen ließ. Ich erinnere mich, an dem Abend kamen wir spät nach Hause, weil wir eine halbe Stunde lang durch hohes Unkraut gestapft waren, um meinen letzten Vogel zu finden.«
Ich brach ab. Jetzt konnte ich uns deutlich sehen, wie wir vor dem Haus aus dem alten Transporter stiegen; ich ließ Buck auf Kommando aus dem hinteren Teil springen und holte die Gewehre und Jagdwesten und Jagdstühle heraus. Ich mußte tief in den Transporter langen, denn ich war noch nicht erwachsen. Mein Vater war vorausgegangen, um das Tor zu öffnen. Er wartete, während ich alles fest in die Hände nahm, um ihm zu folgen.
Ich sah ihn im Geist deutlich vor mir, wie er dort stand mit dem schäbigen Stetson auf dem Kopf, dem abgetragenen Farmanzug und der alten Winchester. Ich sah das kleine Schwingtor und den Briefkasten an einem Pfosten. Auf dem Briefkasten stand deutlich zu lesen: Route 4, Box 75, Karl M. Helm.
Helm. Matthew Helm, Sohn von Karl und Erika Helm. Genau wie der Mann am Telefon gesagt hatte. Nun war es bestätigt: Davon konnte ich ausgehen. Ich war Matthew Helm, Beruf unbekannt, alias Paul H. Madden, freischaffender Fotograf. Warum aber die Maskerade?

VIERTES KAPITEL

Jemand sprach mit mir. Ich kehrte aus dem trockenen sonnigen Land meiner Kindheit im Südwesten in das sterile Krankenzimmer zurück, an dessen Fenster der Regen schlug.
»Was sagten Sie, Doktor?«

»Alles in Ordnung, Mr. Madden?«
»Mir geht's prima«, sagte ich.
Ich mußte sehr vorsichtig sein. Nun wußte ich mit Gewißheit, daß ich ein Mann war, der sich eine falsche Identität konstruiert und sie mindestens sechs Monate lang getragen hatte – und schließlich mit angeschlagenem Kopf im Meer gelandet war.
»Ich schätze, damals war ich dreizehn oder vierzehn«, sagte ich. »Später wurde ich, daran kann ich mich erinnern, infolge einer Schlägerei mit einem Haufen älterer Jungen aus der Schule geworfen. Ich machte den Abschluß woanders. Dann starben meine Eltern im selben Jahr. Ich bekam einen Job mit einer Kamera bei einer Zeitung in der Hauptstadt unseres Staates, Santa Fe. Ich sagte doch, das alles ereignete sich in New Mexico, oder? Später –«
Ich brach ab. Ich hatte mich plötzlich erinnert, und genauso plötzlich war alles fort.
»Nur weiter.«
»Das wär's«, sagte ich. »Es endet mit dem letzten Zeitungsjob – der letzte jedenfalls, an den ich mich erinnere. Das war in Albuquerque. Ich erinnere mich nicht, fortgefahren zu sein. Danach ist nichts mehr.«
»Ich verstehe«, sagte er. Er zog nachdenklich die Stirn kraus und betrachtete mich eine oder zwei Sekunden. Plötzlich stand er auf, ging zum Fenster und sagte, durch die regenüberströmte Scheibe blickend: »Mr. Madden.«
»Ja?«
»Ich bin geneigt, Sie zu entlassen. Dr. DeLong sagt mir, daß Sie körperlich in guter Verfassung sind. Ich habe das Gefühl, daß wir Ihnen psychisch nicht mehr viel helfen können. Es besteht keine Schädelfraktur. Die Gehirnerschütterung scheint keine Funktionsstörungen hervorgerufen zu haben. Die Gefahr eines Hämatoms – einer Blutgeschwulst – ist vorüber. Was Ihr Gedächtnis anlangt, können Sie meiner Ansicht nach mit dem Problem fertigwerden. Wenn es wiederkommt, ausgezeichnet. Wenn nicht, ist es etwas, woran sich die meisten Patienten leichter gewöhnen als ihre Freunde und Familien.« Nach einer kleinen Pause drehte er sich um und sah mich an. »Ich würde Sie aber, wenn Sie glauben, damit fertigzuwerden, lieber mit allen Informationen fortschicken, die wir Ihnen geben können.«
»Welche Informationen?« fragte ich. »Quälen Sie mich nicht, Doktor.«
Er sagte vorsichtig: »Wir sind im Besitz einiger recht merkwürdiger

Daten – ziemlich beunruhigend, möchte ich sagen.«
»Nun, wenn ich geschockt werden soll, warum dann nicht hier?«
Er lächelte schwach. »Also gut, Mr. Madden. Versuchen Sie, sich bei Gelegenheit mal zu erinnern, wie Sie vor nicht allzu langer Zeit – in den letzten zwei Jahren etwa – zu drei Maschinenpistolenkugeln in Ihrer rechten Schulter und im Arm gekommen sind.«
»Sind Sie sicher?«
»Ziemlich sicher. Dr. DeLong hat beträchtliche Erfahrung auf diesem Gebiet. Er sagt, er würde eine hübsche Summe wetten, daß es Projektile aus einer Maschinenpistole waren, obwohl zwei Kugeln Durchschüsse waren und die dritte entfernt wurde. Vermutlich neun Millimeter.«
»Meiner Verlobten zufolge soll ich mit meinen Kameras einige Zeit in Vietnam verbracht haben.«
»Natürlich, Mr. Madden.« Er ging zurück zu seinem Stuhl, drehte ihn um, setzte sich rittlings darauf und sah mich an. »Wir wollen es so formulieren«, sagte er. »Haben Sie wirklich den Eindruck, daß Sie ein harmloser Fotograf sind, spezialisiert auf hübsche Bilder von Vögeln und anderen Tieren?«
Ich grinste. »Im Augenblick bin ich sanft wie ein Lamm, aber um Ihre Frage zu beantworten, muß ich sagen, daß ich überhaupt nicht weiß, welchen Eindruck ich habe. Wenigstens noch nicht.«
»Tatsache ist, daß Sie für einen friedliebenden Kameramann oder selbst für einen Zeitungsfotografen mit einer Vorliebe für brenzlige Situationen zu viele Merkmale von Gewalt in Ihrem Körper haben. Die Schulterwunden sind die neuesten, aber es gibt noch andere. Und das Interessanteste an ihnen ist, daß einige sorgfältig zum Verschwinden gebracht wurden, so gut sich das mit plastischer Chirurgie bewerkstelligen läßt, als hätte jemand Interesse gehabt, dafür zu sorgen, daß Sie, wenn Sie Ihr Hemd ausziehen, nicht allzusehr auffallen.«
»Das ist es also!« Ich mußte lachen. »Mir kam es so vor, als ob diese Beamten vom Verkehrsministerium mich bei der Untersuchung sehr argwöhnisch betrachteten, ganz zu schweigen von dem vorsichtigen Mann der kanadischen Polizei. Ich nehme an, das machte sie stutzig.«
»Stimmt. Ein Arzt hat eine Pflicht gegenüber seinem Patienten, aber er hat auch Verpflichtungen gegenüber der Gesellschaft. Wir konnten unmöglich sicher sein, ob die bei Ihnen gefundene Identifikation nicht gefälscht oder gestohlen war.«
»So hat also jemand die Meinung gewonnen, man habe einen Berufs-

killer vom Syndikat aufgefischt oder vielleicht einen Abenteurer, der bei einem zweifelhaften Unternehmen irgendwelcher Art verletzt wurde, nicht wahr?« Ich lachte wieder. »Wie kamen Sie um die Tatsache herum, daß ich von Kitty Davidson eindeutig identifiziert wurde . . . ach, natürlich, sie war die Revolverbraut, die mich deckte, nicht wahr, Doktor?«
Lilienthal lächelte. »Nun, es wurden einige ziemlich melodramatische Theorien in Betracht gezogen, das gebe ich zu, obgleich die Polizei rasch feststellte, daß Miss Davidson genau das war, was sie behauptete. Ihre Geschichte war etwas schwieriger zu überprüfen, da Sie nicht kanadischer Staatsbürger sind.«
»Und?«
»Ihre Fingerabdrücke wurden in Washington eindeutig als die von Paul Horace Madden identifiziert, einem achtbaren Fotografen ohne irgendwelche aktenkundigen Schwierigkeiten mit der Justiz.«
Ich holte tief Luft, nicht nur aus Demonstrationsgründen. »Wenn sie etwas anderes gefunden hätten, würde draußen vor der Tür ein Polizist stehen, oder? Wie sieht es mit meinen faszinierenden Narben aus?«
»Sie wurden in Vietnam verletzt. Einige Zeit danach – nach Ihrer Genesung – begannen Sie sich auf friedliche Tierfotografie zu verlegen.«
»Damit wäre also alles ganz zufriedenstellend erklärt. Aber Sie sind nicht zufrieden, Doktor. Was ärgert Sie?«
»Meine Pflicht gegenüber der Gesellschaft habe ich erfüllt, Mr. Madden. Bleibt meine Pflicht Ihnen, meinem Patienten, gegenüber. Mein ärztlicher Rat lautet: Vergeuden Sie nicht Zeit und Mühe mit dem Versuch, sich an etwas zu erinnern, das nie geschehen ist, ungeachtet der offiziellen Unterlagen.«
»Meinen Sie etwa die Verletzungen in Vietnam, während ich heldenhaft im feindlichen Feuer meine Fotos schoß?«
»Genau. Ihre verschiedenen Narben wurden durch verschiedene Waffen verursacht und Sie haben sie zu verschiedenen Zeiten erhalten, nicht bei einem einzigen traumatischen Kriegserlebnis. Dr. DeLong versuchte, das den Behörden klarzumachen, aber Sie wissen ja, wie die sind, wenn sie bereits eine einfache Lösung für ein Problem haben. Sie wollen es sich nicht durch widersprechende Informationen komplizieren lassen.« Lilienthal erhob sich und sagte kurz: »Soweit es mich anlangt, geht es Ihnen so gut, daß Sie aus dem Krankenhaus entlassen werden können. Leben Sie wohl, Mr. Madden!«
»Sie nehmen mir etwas übel, Doktor«, sagte ich. »Was ist es?«

Er zögerte. »Ich glaube, Sie wissen es.«
»Natürlich. Sie halten mich für einen Betrüger, sind aber nicht ganz sicher. Richtig?«
Nach einer Weile nickte er. »Wie Sie sagen, ich bin nicht sicher.«
»Ich gebe Ihnen mein Wort, so viel Ihnen das auch wert sein mag, daß meine Amnesie echt ist, ungeachtet dessen, ob ich mich als Betrüger erweisen sollte oder nicht.«
Er zögerte wieder. »Viel Glück, Mr. Madden«, sagte er noch, und seine Stimme klang freundlicher als vorher.

FÜNFTES KAPITEL

Sie fuhren mich in einem Rollstuhl bis zum Krankenhauseingang. Dann war ich auf mich allein gestellt – nun ja, Kitty war da, die starke Samaritergefühle zu entwickeln schien. Sie half mir besorgt zu dem wartenden Taxi, das uns über eine kleine Autofähre zum Flugplatz brachte, der auf einer Insel jenseits des Hafens liegt.
Das große Düsenflugzeug hob planmäßig ab und nahm Kurs Richtung Süden. Zur Linken ragten schneebedeckte Berge auf, unter uns war eine dichte, feucht aussehende Wildnis, rechts, im Westen, ein Gewirr von Inseln.
»Müssen wir nach Seattle umsteigen?« fragte ich. »Oder haben wir einen direkten Flug?«
»Wer fliegt denn nach Seattle?« fragte Kitty. Sie griff nach meiner Hand und drückte sie. Offensichtlich hatte sie mir meine gestrigen verliebten Taktlosigkeiten verziehen. »Ich nehme dich zu mir nach Hause«, sagte sie lächelnd.
»Das nennt man Entführung, Madam. Ein Kapitalverbrechen, glaube ich.«
»Es macht dir doch nicht wirklich etwas aus, oder, Schatz? Schließlich ist es ja nicht so, daß du nicht schon in meiner Wohnung gewohnt hättest; und du brauchst jemanden, der sich wenigstens ein paar Tage um dich kümmert.«
»Sicher. Wie steht's mit deiner Kochkunst? Das scheine ich total vergessen zu haben.«
»Mach dir nicht so viel Sorgen um dein Gedächtnis«, sagte sie. »Das kommt schon wieder in Ordnung.«
Ich sorgte mich aber nicht um mein Gedächtnis, sondern plagte mich

mit Fragen über das Mädchen neben mir. Sie war nicht die einzige, die mir nicht ganz erklärlich war. Die Chinesin, die mich besucht hatte . . . Nun, sie arbeitete bei der Firma, bei der der Pilot angestellt gewesen war, der die Maschine bei meinem letzten Flug gesteuert hatte. Sie gab sogar zu, mit dem Mann liiert gewesen zu sein. Wenn man es genau überlegte, gelangte man zu der interessanten Tatsache, daß es keinen Beweis dafür gab, daß Herbert Walters tot war. Der einzige, von dem man wußte, daß er bei dieser Luftsafari verletzt worden war, war ich.

Ich sagte mir, ich müsse zum Anfang zurückgehen und die Sache von dort aus zu entwirren versuchen. Der Anfang war – mußte es sein – der einfache und erstaunliche Umstand, den mir Dr. Lilienthal vor kurzem enthüllt hatte, daß man meine Fingerabdrücke nach Washington geschickt hatte und die dort offiziell als die von Paul Horace Madden identifiziert worden waren. Aber eines der wenigen Dinge, die ich von mir wußte, war, daß ich als Matthew Helm geboren worden war.

Ich überlegte die Möglichkeit, daß der echte Mr. Helm irgendwann in dem Teil meiner Vergangenheit, der mir derzeit abhanden gekommen war, aus irgendeinem, wahrscheinlich schändlichen Grund die Identität gewechselt hatte. Er hatte den Wechsel so gut geschafft, daß keine Regierungsakten etwas anderes enthielten als die neuen Informationen über den falschen Mr. Madden . . .

Nein. Das war unmöglich, sagte ich mir. Das läßt sich nicht machen, nicht von einem einzelnen Mann, der seine eigenen Spuren verwischen will. Ich war mehrere Jahre lang Fotograf gewesen; ich hatte einen Wagen gefahren, hatte Einkommensteuer bezahlt. Meine Fingerabdrücke mußten mit meinen übrigen Daten gespeichert worden sein. Es war nur eine einzige Schlußfolgerung möglich. Ich war kein einzelner Mann, der seine Spuren verwischen wollte. Irgend jemand in Washington mit nicht geringem Einfluß mußte die offiziellen Elektronengehirne sorgfältig umprogrammiert haben, damit sie »Madden« sagten, wenn jemand auf den Knopf »Helm« drückte.

Also gut, es hellte sich ein wenig auf. Das mußte derselbe Jemand sein, der mich in Seattle mit den entsprechenden Geschäftskarten samt Kameras und dazupassender Dunkelkammer etabliert und meine tatsächliche Fotoerfahrung dazu benutzt hatte, eine falsche Identität aufzubauen. Also, soviel Mühe würde sich niemand geben, wenn dieser Madden nicht einen wichtigen Geheimjob zu erledigen hätte. Aber welchen Job?

Was hatte sich noch ereignet? Nicht viel. Jemand hatte eine Fähre in die Luft gesprengt, sonst nichts . . .
Kitty legte ihre Hand auf mein Knie. »Du sollst kein solches Gesicht machen«, sagte sie. »Der Arzt hat gesagt, du darfst dich nicht anstrengen, um dich zu erinnern . . . Woran wolltest du dich erinnern?«
»An etwas, das du mir verheimlicht hast. Sally Wong. Sie hat mich gestern besucht.«
Kitty zog ihre Hand zurück. »Ach, die kleine Chinesin.«
»Ja, die kleine Chinesin, die ich anscheinend sitzenließ, um mich mit dir zu verloben. Das hättest du mir wirklich erzählen können. Ich mußte sie fragen, wer sie war. Und sie war gar nicht sicher, daß ich nicht ein mieses Spiel mit ihr trieb. Das kann man ihr kaum übelnehmen.«
Kitty lachte unbekümmert. »Was hätte ich denn sagen sollen? Daß du dein Bestes tatest, um die Verbrüderung zwischen den Rassen voranzutreiben, dann aber meiner bezaubernden Persönlichkeit und magnetischen Anziehungskraft nicht widerstehen konntest . . . ich kann dir nicht alles erzählen, Schatz. Einiges wirst du selbst herausfinden müssen.« Sie beugte sich ein wenig vor, um an mir vorbeisehen zu können. »Schau, wir sind schon beinahe da.«
Vancouver war eine großartige Stadt. Rund um einen großen Hafen angelegt, mit hohen weißen Bergen im Rücken. Mir fielen die Namen Burrard Bucht, False Creek und Fraser River ein, ohne daß ich mich erinnern konnte, wie oder wann ich sie gelernt hatte. Da wir kein Gepäck abzuholen hatten, saßen wir bald in einem Taxi.
»Zum Hotel *Vancouver*, bitte«, sagte Kitty zum Fahrer, während sie sich neben mich setzte und ihre große Lederhandtasche auf den Schoß nahm. Dann erklärte sie: »Wir müssen meinen Wagen holen. Ich wollte ihn nicht die ganze Zeit am Flughafen stehen lassen, deshalb parkte ich ihn in der Hotelgarage und fuhr mit dem Linienbus hinaus.« Sie legte ihre Hand auf die meine. »Jetzt sag mir, was du zu Abend essen möchtest. Ich könnte einen guten Lachs auftauen und hab' auch noch eine Flasche von dem komischen australischen Wein, der dir so schmeckt. Aber wenn du zu müde für eine richtige Mahlzeit bist, lasse ich mir etwas Einfaches einfallen.«
»Nein, das klingt hervorragend.«
»Und zum Nachtisch gibt es französisches Vanilleeis mit meiner hausgemachten Spezialcreme, damit du auch den letzten Geschmack von der Krankenhauskost aus dem Mund bekommst. Dazu einen

Schluck von dem mexikanischen Likör, den du im vorigen Sommer brachtest. Kahlua?«
Ich wußte, daß Kahlua irgendwie bräunlich war und wie stark gesüßter alkoholversetzter Kaffee schmeckte; aber natürlich konnte ich mich nicht erinnern, ihn ihr mitgebracht zu haben.
Kitty sagte: »Bitte, Liebster, wenn wir zum Hotel kommen, tu genau das, was ich sage, ja?«
Ihre Stimme klang irgendwie seltsam und gezwungen. Ich warf ihr einen Blick zu. Sie hatte eine kleine, vernickelte Pistole aus ihrer Handtasche genommen und zielte damit direkt auf mich.

SECHSTES KAPITEL

Ich starrte auf die Pistole. Zu meiner großen Überraschung spie der Computer in meinem Kopf die Daten aus: Astra Constable, Selbstspannerpistole, Hahn außen, Kaliber .380 ACP. Die Buchstaben bedeuteten Automatische Colt Pistole, eine Waffe, die heute nicht mehr hergestellt wurde, für welche die Patronen aber ursprünglich entwickelt worden waren.
Das Beunruhigende war, daß ich nicht nur genau wußte, welche Waffe es war, sondern auch, was ich dagegen zu unternehmen hatte, obwohl das keine Kenntnis war, die man von einem achtbaren Fotografen namens Madden erwarten würde. Die Information stammte vermutlich von dem unheimlichen und schattenhaften Helm. Daß das Mädchen nicht wirklich schießen würde, konnte ich sehen. Irgendwie wußte ich, daß das der ganze Vorteil war, den ich brauchte. Es würde mir den entscheidenden Sekundenbruchteil verschaffen. Alle Bewegungen waren mir im Geist klar. Ich wußte, es würde klappen. Ich wußte, ich konnte sie ausschalten, mit dem Taxifahrer nötigenfalls fertigwerden und mich zum Teufel scheren . . .
Aber wohin sollte ich? Und was tun, wenn ich dort war? Ich hatte nur einen einzigen anderen Kontakt zu dem Teil meiner Vergangenheit, an den ich mich nicht erinnerte – außer der Stimme am Telefon: Sally Wong. Vermutlich würde ich sie hinter dem Ticketschalter der North-Air finden.
Ich war mir eines komischen, nagenden Gefühls von Berufsstolz bewußt, obwohl ich nicht genau wußte, was mein Beruf war. Schließlich hatte jemand sich besondere Mühe gegeben, mich hierherzuschicken

und mich sechs Monate lang festzuhalten. Dann war etwas schiefgegangen. Ich mußte irgendeinen Fehler gemacht haben, denn es war unwahrscheinlich, daß ich tatsächlich mit Amnesie mitten im Ozean aufgetaucht war.
Plötzlich sah ich Furcht in Kittys Augen. »Nein, Paul! Tu nichts . . . nichts Übereiltes. Bitte!«
Es war viel zu spät. Die Entscheidung war längst getroffen.
»Es ist deine Party, Kitty, mein Schatz«, sagte ich und entspannte mich neben ihr. »Deine Party, komplett mit meinem komischen australischen Wein und deiner Spezialsauce für Eis.«
»Bitte, sei nicht böse. Du . . . du verstehst nicht. Wir werden dir nichts tun. Wir wollen dich nur eine kleine Weile festhalten, zu deinem Schutz, zu deinem eigenen Besten. Versuch das, bitte, zu verstehen!«
Ich merkte, daß sie leise sprach und auch die Pistole versteckt hielt. Offensichtlich war der Taxifahrer kein Komplice. Er lenkte das Taxi durch den dichten Innenstadtverkehr, ohne das Drama hinter sich zu bemerken. Jetzt bog er in eine schmale Einfahrt zwischen zwei hohen Gebäuden ein und hielt vor dem Hintereingang des Hotels. Kitty hielt sich hinter mir. Die kleine Astra war außer Sicht, aber ihre Hand war in ihrer Handtasche verborgen.
Ich bezahlte den Taxifahrer, gab dem Portier ein kleines Trinkgeld und nahm die Taschen auf. Kitty sagte: »Laß uns doch zuerst auf einen Drink hineingehen, Liebster; es ist eine lange Fahrt bis nach Hause«, aber das war nur für die Öffentlichkeit bestimmt. Als wir in der hohen, altmodischen Halle waren, sagte sie: »Nein, geh bitte nur geradeaus durch zum Haupteingang und dann quer über den Gehsteig.«
Aus dem Augenwinkel konnte ich sehen, daß ihr Gesicht bleich war und vor Anstrengung glänzte. Es wäre mir lieber gewesen, wenn sie es nicht ganz so verbissen ernst genommen hätte. Sie war verkrampft genug, um mich irrtümlich über den Jordan zu schicken und daraufhin einen hysterischen Anfall zu bekommen. Mit einer Tasche in jeder Hand behinderte ich mich selbst absichtlich, um ihr Sicherheit zu geben, und schob mich mit den Schultern durch die großen Türen; draußen sah ich eine breite, belebte Straße. Wie auf ein Zeichen fuhr eine schwarze Mercedeslimousine an den Randstein. Die hintere Tür öffnete sich, und ein muskulöser, schwarzhaariger Mann stieg aus. Er trug einen schäbigen dunklen Anzug, der nicht zu dem Fünfzehntausenddollarfahrzeug paßte, und einen Rollkragenpullover. Seine

Hand steckte in der Jackentasche.
Er sagte: »Auf den Beifahrersitz, Miss. Schnell, wir halten den Verkehr auf! Sie werfen das Zeug auf den Boden und steigen hinten ein!«
Gleich darauf fuhren wir davon. Der Schwarzhaarige, der sich neben mich gesetzt hatte, zog die Hand aus der Tasche und zeigte ungezwungen eine kurzläufige Pistole, als dächte er, das könnte mich vielleicht interessieren. Der Mann am Steuer trug eine Chauffeurmütze. Auch er schien ein Muskelmensch zu sein; sein Nacken war breit und rot. Kitty holte tief Luft, als wäre sie froh, die Verantwortung loszusein. Sie knöpfte ihren langen rosa Mantel auf, wie um noch mehr Luft zu bekommen, und ließ sich erschöpft zurücksinken. Mir schien, Verrat war harte Arbeit für sie.
»Wurden Sie vom Flugplatz her verfolgt, Miss?« fragte der Mann neben mir.
»Ich . . . ich weiß es nicht sicher. Ich wollte mich nicht dauernd umsehen.«
»Es ist fast sicher, daß man Ihnen folgte, aber ich nehme an, Sie haben sie beim Hotel verloren. Wir werden das überprüfen. Übrigens, ich heiße Dugan, und das ist Lewis. Miss Davidson, nicht wahr? Und das ist Mr. Madden, nicht wahr, zurück von den Toten? Wir müssen alles darüber hören, nicht wahr, Miss Davidson?«
Kitty leckte sich mit der Zunge über die Lippen und blickte mich nicht an. »Ich . . . mir wurde nicht gesagt, warum . . . mir wurde versprochen, daß ihm nichts passiert.«
»Ach, Miss, daran denken wir nicht im Traum«, sagte Dugan. »Wir sind sanft wie immer. Rühren ihn gar nicht an, mit keinem Finger.«
Es war wieder eine lange Fahrt, mindestens so lang wie die vom Flughafen zum Hotel. Schließlich bog der Fahrer in einen Weg zwischen zwei eingezäunten Feldern ein – es waren hohe Zäune, gekrönt mit Stacheldraht – und fuhr auf weiße Gebäude zwischen Bäumen zu. Wir kamen an einem kleinen Schild mit der Inschrift HEILANSTALT INANOOK vorbei.
Es sah beinahe aus wie ein Ferienhotel, wo die Gäste in kostspieligen Villen und Bungalows wohnen, die rund um das Hauptgebäude verstreut sind – nur daß diese Bungalows hier Gitter an den Fenstern hatten. Das Hauptgebäude war groß, eindrucksvoll und zwei Stockwerke hoch. Vor dem Eingang erwarteten uns drei Leute, zwei Männer und eine Frau, alle in den gleichen gestärkten weißen Mänteln.
»Seien Sie jetzt friedlich«, sagte der Mann neben mir, Dugan. »Sehen Sie, Sie bekommen einen besonderen Empfang – als sehr wichtiger

neuer Patient. Zeigen Sie Ihre Anerkennung, indem Sie uns keine Schwierigkeiten machen . . .« Der Wagen hielt. Dugan öffnete die Tür. »Gib acht auf ihn, Tommy«, sagte er zu dem großen blonden Mann, der mit am Eingang gestanden hatte. »Der ist zu brav. Trau ihm nicht. Also, Madden, raus!«
Ich stieg aus. Die beiden Männer bauten sich strategisch neben mir auf. Es war klar, daß sie aus langer Praxis genau wußten, wie sie mich packen mußten, falls es nötig war; im Augenblick ließen sie mich in Ruhe. Wir warteten auf den Mann in der dunklen Hose und die Frau in den dicken Strümpfen.
Dann standen sie vor mir. Der Mann war ziemlich groß, wenn ihm auch etwas zu meinen einsneunzig fehlte. Er sah distinguiert aus mit seinen grauen Schläfen. Die Frau war das häßlichste weibliche Wesen, das ich in meinem Leben je gesehen hatte – wenigstens soweit ich mich erinnern konnte, und das war nicht sehr weit. Ihr Gesicht war eine Ansammlung knochiger Züge wie aus einem Gruselbuch für Kinder, mit einem Spatenkinn und einer häßlichen Nase mit breiten Bulldoggennüstern. Die Augen unter den dichten Brauen blickten kalt, intelligent und gefährlich.
»Das ist Frau Dr. Elsie Somerset, Paul.« Kitty war ausgestiegen, um die Vorstellung zu besorgen. »Und Dr. Albert Caine . . . Sie werden dich betreuen, Liebster. Du bist hier sehr gut aufgehoben . . .«
Ich unterbrach sie: »Warum hörst du mit dem Quatsch nicht auf?« Sie schnappte nach Luft und verstummte. »Sind Sie die Leiterin dieser komischen Farm, Dr. Somerset?« fragte ich.
Der hochgewachsene Mann neben ihr räusperte sich. »Ich bin der Direktor dieses Instituts, Mr. Madden.«
»Großartig«, sagte ich. »Dann werde ich meinen Protest an Sie richten. Ich stelle fest, daß ich gegen meinen Willen hierhergebracht wurde. Ich will weg, heim nach Seattle. Ist das klar?«
Die zwei Männer neben mir rührten sich nicht, aber ich spürte, wie sie sich zum Eingreifen bereitmachten.
»Das ist leider unmöglich, Mr. Madden«, sagte Dr. Caine verbindlich. »Sie wurden zur Behandlung hierhergebracht . . .«
»In wessen Auftrag?«
»Miss Davidson . . .«
»Zum Teufel mit Miss Davidson«, sagte ich. »Wir mögen verlobt sein oder nicht, aber selbst wenn wir es sind, ist das kaum eine rechtlich bindende Beziehung, es sei denn, sie will mich wegen Bruch des Heiratsversprechens verklagen. Ich bezweifle sehr, ob ihr das das Recht

gibt, mich in eine Klapsmühle einliefern zu lassen; und wo sind die Einlieferungspapiere, oder was immer die entsprechenden Rechtsmittel hier in Kanada sind? Zeigen Sie mir ein Papier mit einer richterlichen Unterschrift oder sonst etwas, das Sie berechtigt, mich hier festzuhalten.«
Caine sagte schnell: »Die Papiere werden ausgefertigt, Mr. Madden. Und merken Sie sich bitte, daß das hier eine Heilanstalt für geistig Kranke ist, keine komische Farm oder . . . oder eine Klapsmühle!«
»Gut, fertigen Sie Ihre Papiere aus und stellen Sie sie mir zu. In Seattle, USA. Inzwischen werde ich mich entfernen, danke. Ich werde Ihren Fahrer nicht in Anspruch nehmen. Dort drüben ist eine stark befahrene Autobahn. Es wird wohl nicht lang dauern, bis ich jemanden finde, der mich zum Flugplatz zurückbringt.«
Ich wandte mich um. Die zwei Männer faßten nach mir. Ich bohrte dem Dunkelhaarigen die Faust in den Magen, er wurde wütend und schlug mich seitlich an den Kopf, so daß ich hinstürzte. Ich hörte ein leises Protestmurmeln des Blonden. Schön, da hatte ich etwas gelernt. Sie nahmen mich bei den Armen und stellten mich wieder auf. Atemlos und ein wenig benebelt durch den Schlag blickte ich Kitty an.
»Sag das noch mal, Puppe. Mir würde nichts passieren, erinnerst du dich? Daß man jemand, der sich gerade von einer Gehirnerschütterung erholt, auf den Kopf schlägt, das zählt nicht, wie?«
»Ich sagte dir doch, du sollst nichts tun –«
»Süße«, sagte ich, »angesichts des schmerzlosen Empfangs, den ich hier draußen erlebe, kann ich es kaum erwarten, welche Behandlung mir drinnen zuteil werden wird.« Bevor sie etwas erwidern konnte, sah ich die beiden Ärzte an und sagte: »Wir haben nun geklärt, daß ich mit Gewalt festgehalten werde, gegen meinen Willen, ja?«
In den blaßgrauen Augen des Mannes blitzte eine gewisse Unruhe auf, aber die braunen Augen der Frau waren leicht belustigt über die Possen des Forschungsobjekts, das da auf der Nadel steckte.
Ich sagte: »Schön, Sie wollen mich nicht fortlassen, aber vielleicht darf ich telefonieren?«
»Tut mir leid, das ist unmöglich«, erwiderte Dr. Caine verbindlich, aber er wurde durch eine heisere Frage seiner Kollegin unterbrochen: »Wen wollen Sie anrufen, Mr. Madden?«
»Das ist meine Sache«, sagte ich, aber da hatte ich es. Es gab natürlich niemanden, den ich anrufen konnte, aber Kitty hatte besorgt ausgesehen. Offensichtlich war da jemand, den ich anrufen konnte, und sie wußte es. Ich brauchte nur die Identität dieser Person und ihre Tele-

fonnummer herauszufinden.
»Also was ist?« fragte ich die Ärztin. »Einen Telefonanruf? In den Staaten ist das ausdrücklich erlaubt, bevor man eingesperrt wird.«
Der Arzt zuckte zusammen. »Bitte, Mr. Madden! Dies ist kein Gefängnis —«
Die Frau sagte: »Keine Sorge, Albert. Der Mann treibt nur seine Spielchen mit uns. Die anderen Patienten haben jetzt genug von ihrem Hausgenossen gesehen; bringen wir ihn hinein. Wir werden dann die Routineuntersuchungen vornehmen.« Sie warf dem Fahrer einen Blick zu. »Ach, Gavin, bringen Sie Miss Davidson nach Hause und bleiben Sie verfügbar. Ich werde Sie vielleicht heute abend noch brauchen.«
»Ja, Madam«, sagte Lewis.
»Dugan, Trask, führt ihn hinein.«
»Hören Sie . . .« sagte ich.
»Was gibt es noch?«
Sie war eine kluge Frau, aber sie verstand gar nichts. Ich hielt es für nötig, ein letztesmal zu versuchen, es ihr zu erklären. »Ich möchte etwas feststellen, wenn es noch nicht klar ist«, sagte ich. »Für mich sind Sie Entführer. In meiner Heimat ist Entführung ein Kapitalverbrechen, und ich nehme nicht an, daß man hier in Kanada nur darüber lächelt.«
»Ja ja«, sagte sie ungeduldig. »Ich bin sicher, der Richter, der den Vorsitz führt, wird uns alle aufhängen lassen, wie Äpfel an einem Baum, Mr. Madden. Und jetzt kommen Sie bitte mit.«

SIEBENTES KAPITEL

Während ich von meiner Zweimanneskorte die Stufen zum Vordereingang hinaufgeführt wurde, merkte ich, daß Kitty in den Mercedes stieg. Ihr besorgtes Gesicht erschien am Fenster und blickte mich flehend an.
»Hierher, Mr. Madden.«
Es war Dr. Somersets heisere Stimme, und ich folgte ihr durch die Tür ins Hauptgebäude. In der geräumigen, hotelähnlichen Halle saßen mehrere Leute, einige in Sportkleidung, andere in Pyjamas und Morgenröcken. Sie wirkten gelangweilt und stumpf und nicht besonders verrückt. Ich hatte den Eindruck, daß es gutzahlende Patienten wa-

ren, die hergekommen waren, um unter ärztlicher Überwachung vorübergehende Zuflucht vor der Flasche oder Nadel zu finden. Die Insassen betrachteten uns gleichgültig, während wir die Halle durchquerten.
»Speisesaal und Küche sind dort drüben.« Dr. Somerset ging voraus und machte eine Gebärde mit der Hand, offensichtlich für unsere uninteressierten Zuhörer sprechend: »Ich glaube, Sie werden unsere Küche erstklassig finden, Mr. Madden, wenn Sie auch vorläufig auf Ihrem Zimmer essen müssen . . . Hier herüber, bitte.«
Durch ein großes Büro wurde ich in ein Untersuchungszimmer geführt, mit dem üblichen rostfreien Stahltisch und Schränken voller medizinisch aussehender Flaschen und Tiegel. Ich kam der Aufforderung nach, mich bis auf die Unterhose zu entkleiden. Man unterzog mich einer gründlichen Untersuchung, während einer der Wächter – der andere war verschwunden – an der Tür stand und aufpaßte, daß ich mich ordentlich aufführte. Dr. Somerset notierte Größe, Gewicht, Pulszahl, Blutdruck und dergleichen. Schließlich durfte ich mich wieder anziehen. Dann wurde ich in das Büro geführt und mußte mich auf einen Stuhl setzen, während Dr. Somerset hinter einem grauen Metallschreibtisch Platz nahm und einige abschließende Notizen über meinen Fall machte. Falls jemand nachsehen kam, würde er finden, daß dieser arme, unglückliche Irre, Paul Horace Madden, genau die gleiche Behandlung erhalten hatte wie jeder andere Patient der Anstalt. Endlich blickte die Ärztin auf.
»Mr. Madden«, sagte sie, »Sie waren so freundlich, klarzustellen, daß ich für Sie eine Entführerin und Verbrecherin bin. Deshalb möchte ich jetzt klarstellen, daß Sie für mich ein völlig gesunder Mann mit einwandfrei gutem Gedächtnis sind. Ich werde Sie dann und wann nach Informationen fragen. Sie haben das Recht, sie mir zu verweigern. Wenn ich es für nötig halte, werde ich versuchen, Sie durch verschiedene Mittel zu überreden, es sich anders zu überlegen, aber ich werde Ihnen Ihre Weigerung nicht übelnehmen. Ich lasse mich aber auch nicht gern für dumm verkaufen. Vergessen Sie das, was Sie diesen Idioten im Krankenhaus erzählt haben. Das Wort Amnesie wünsche ich nicht zu hören. Beantworten Sie meine Fragen oder beantworten Sie sie nicht, aber erzählen Sie nicht, Sie könnten sich nicht erinnern. Diese Antwort wird nicht akzeptiert, Mr. Madden. Verstanden?«
Das war eine interessante Feststellung; offensichtlich waren wir mit den Arzt-Patient-Mätzchen fertig.
»Wann fängt das Spiel an?« fragte ich.

Sie runzelte die Stirn. »Was meinen Sie?«
»Spielen wir gleich jetzt nach diesen Regeln?« fragte ich. »Ich möchte mir keinen unnötigen Schlag an den Kopf einhandeln, wenn ich sie breche.«
Sie zögerte. »Sagen wir, die Regeln gelten noch nicht. Warum?«
»Ich wollte nur zu Protokoll geben, daß Sie unrecht haben, Dr. Somerset. Wenn Sie in Ihrem Hinterzimmer nicht einige besonders gute Tricks haben – ich nehme an, es gibt in diesem Haus ein Hinterzimmer voller Tricks –, kriegen Sie über eine bestimmte Periode meines Lebens nichts aus mir heraus, es sei denn, Ihre Tricks sind gut genug, um *mich* dazu zu bringen, herauszukriegen, was fehlt. Ich weiß es selbst nicht, somit kann ich es Ihnen auch nicht verraten. Einige Erinnerungen aus früherer Zeit sind wiedergekommen, aber aus der letzten Zeit ist immer noch nichts in Sicht. Wenn Sie kein Mittel haben, das mir Zugang zu diesem Teil meines Hirns verschafft, vergeuden Sie Ihre Zeit, wenn Sie diesbezüglich Fragen stellen.«
»Ich habe massenhaft Zeit. Es macht mir nichts aus, ein wenig davon zu vergeuden.«
»Natürlich«, sagte ich. »Was mich nur stört, ist die Frage, was Sie während dieses Zeitvergeudens tun werden. Ich weiß vielleicht nicht genau, wer ich bin, aber ich weiß, daß ich kein Held bin. Verstehen Sie mich recht: Ich werde nicht in stoischem Schweigen leiden, wenn ich es vermeiden kann. Was ich an Antworten habe, bekommen Sie. Sie brauchen nur zu fragen. Kommen Sie mir aber nur nicht mit einem Haufen wissenschaftlicher Foltern, bloß weil Sie die Wahrheit nicht akzeptieren wollen, daß ich mich einfach an gewisse Dinge nicht erinnern kann.«
Die Frau kniff die Augen zusammen. »Foltern? Wer hat etwas von Foltern gesagt, Mr. Madden? Und was weiß ein ehrbarer Fotograf eigentlich von Foltern?«
»Quatsch«, sagte ich. »Ihr Mann Dugan ist nicht gerade verschwiegen; er droht gern ein bißchen. Und er brachte mich mit einer Pistole hierher. Ich wurde niedergeschlagen, als ich fort wollte. Soeben hieß es, falls ich Fragen nicht beantworte, würden Sie mich überreden, es mir anders zu überlegen. Überreden! Jeder Fernsehzuschauer, der sein Geld wert ist, weiß, was das heißt, insbesondere in einer Anstalt wie dieser. Wie blöde soll ich denn eigentlich sein?«
Sie betrachtete mich eine Weile eingehend. »Wer ist Helm?« fragte sie.
Diese Frage überrumpelte mich. »Was?«

Die Frau beugte sich über den Schreibtisch vor, ohne mich aus den Augen zu lassen. »Soeben sagten Sie, Sie würden mir alle Antworten geben, die Sie wüßten. Es hat Sie jemand im Krankenhaus angerufen und diesen Namen genannt. Erzählen Sie mir etwas darüber.«
Ich zog eine Grimasse. »Mein Telefon wurde also abgehört? Das erklärt ein paar Dinge.« Ich zog die Schultern hoch. »Ich kann Ihnen zwar nicht sagen, wer Helm ist, aber ich bin Helm.«
»Erklären Sie das.«
»Sagen wir so: Ein paar Einzelheiten aus der Vergangenheit kehrten zurück, vielleicht als ich diesen Namen hörte. Ich weiß jetzt, daß ich ein Junge namens Matthew Helm war, der an den Wochenenden mit seinem Vater auf die Jagd ging. Daran erinnere ich mich. Dann erinnere ich mich an einen jungen Mann namens Helm, der für verschiedene Zeitungen Fotos machte. Dann kommt eine große Lücke. Darauf erwachte ich im Krankenhaus, wo man mir sagte, ich sei ein leidenschaftlicher Naturfotograf namens Madden, der sich von einem schrecklichen Flugzeugunfall erhole. Ich kann mich an nichts davon erinnern. Von unwichtigen Einzelheiten abgesehen, die ich gern ohne Zwang angeben werde, ist das alles, was Sie erfahren werden, auch wenn Sie mich eine Woche lang bearbeiten, denn es ist alles, was ich weiß.«
Sie fragte offen heraus, als hätte sie nicht wirklich zugehört: »Wo ist Herbert Walters?«
»Mir wurde gesagt, daß Herbert Walters für eine Firma namens North-Air arbeitete. Mir wurde auch gesagt, er habe mich in einer DeHaviland Beaver nach Norden geflogen. Mir wurde weiter gesagt, ich sei schon früher mit ihm geflogen. Mir wurde dann noch gesagt, er werde, zusammen mit seinem Flugzeug, noch immer vermißt. Vermutlich versank er mit dem Flugzeug, er hätte aber natürlich früher mit dem Fallschirm abspringen und mich allein abstürzen lassen können. Ich weiß es einfach nicht!«
»Walters ist uns sehr wichtig. Wir müssen wissen, was mit Mr. Herbert Henry Walters geschehen ist.«
Sie sagte nicht, wer es wissen müsse, und es schien auch nicht angebracht zu fragen. Ich zog hilflos die Schultern hoch. »Wenn ich es wüßte, würde ich es Ihnen sagen.«
»Sie wissen es.«
»Also gut, vielleicht weiß ich es, technisch gesehen. Vielleicht ist es irgendwo da oben in meinem Kopf bei den gespeicherten Erinnerungen. Aber ich hab' keinen Zugang dazu.«

Sie nickte bedächtig. »Wir werden sehen, Mr. Madden. Wir werden sehen, wozu Sie Zugang haben können.« Sie blickte Dugan an. »Gut, führen Sie ihn ins *Hyazinthe*. Sagen Sie Tommy Trask, ständig höchste Sicherheit . . . Ach, einen Augenblick, Mr. Madden, ich will Ihnen noch etwas zeigen, bevor Sie gehen. Hier.«
Ich stand auf und folgte ihr durch den Untersuchungsraum, den ich schon gesehen hatte. Sie öffnete eine schalldichte schwere Tür, und da war es also: Ich will nur sagen, das war eine moderne Installation ohne sichtbare Folterbank, Daumenschrauben oder Eiserne Jungfrau. Ich nahm an, die Arbeit wurde mittels elektrischem Strom bewerkstelligt. Es gab einen Stuhl, an dem man festgeschnallt werden konnte, oder man konnte für bessere Zugänglichkeit auch auf einem Tisch ausgestreckt werden. Körperriemen, Handgelenk- und Fußgelenkgurte. Es herrschte ein seltsamer Geruch. Ich könnte phantasievoll sein und ihn den Geruch von Schmerz nennen, aber es roch tatsächlich mehr wie in einer öffentlichen Bedürfnisanstalt.
»Das also ist der Unterhaltungsraum«, sagte ich.
Die Ärztin ließ die schwere Tür hinter uns zufallen.
»Jetzt sind die Regeln in Kraft, Mr. Madden, also überlegen Sie sich Ihre künftigen Antworten sorgfältig . . . In Ordnung, Dugan, führen Sie ihn in *Hyazinthe* und übergeben Sie ihn Tommy.«
»Ja, Madam.« Dugan gab mir einen Stoß. »Nicht dorthin. Die Hintertür in der Ecke . . .«
Es gab Namen wie *Aster, Hahnenfuß, Dahlie* und so fort bis *Goldrute* und *Hyazinthe*. Ich meine, so hießen diese verdammten, vergitterten Klapsmühlenhäuschen wirklich. Das fand ich beinahe ebenso erschreckend wie den Raum, den ich gerade gesehen hatte.

ACHTES KAPITEL

In Wirklichkeit war es nicht so schlimm, oder vielleicht sollte ich sagen, meine Verfassung war nicht so, daß ich es richtig begriff. Sie ließen mich eine ganze Nacht und einen Tag darüber nachdenken. Ich verbrachte die meiste Zeit schlafend im Bett.
Am zweiten Abend begann der Rummel. Sie bereiteten mich vor wie für eine Operation; die Abführpillen, das Verbot, etwas zu essen oder zu trinken, und am Morgen weitere unangenehme Vorkehrungen dagegen, daß ich unter Streß ihre hübsche Folterkammer ver-

schmutzte.
Dr. Caine kam mit der Spritze. Ich wurde in einen Rollstuhl gesetzt – der blonde Wärter namens Trask machte hier die Honneurs – und ins Hauptgebäude gerollt, wo Dugan die Hintertür öffnete, um uns in den Folterraum einzulassen. Ich hatte ein paar Leute gesehen, die warm angezogen ziellos unter den Bäumen des umzäunten Geländes umhergingen. Sie beachteten mich nicht.
Trask übergab mich Dugan, der mich ins Innere fuhr, wo die Ärztin mich erwartete. Dr. Caine war an der Tür verschwunden; offenbar war er mit der Nadel gut, hatte aber nicht den Magen für die schwere Arbeit mit den Elektroden. Wir begannen mit Fragen im Stuhl. Wir setzten mit elektrischem Strom im Stuhl fort. Dann wurde die elektrische Behandlung mit interessanten Variationen auf dem Tisch fortgesetzt. Nun war ich schon ziemlich gewöhnt an die Alpträume. Ich brauchte mich nur in die Zimmerecke zurückzuziehen und mir den Spaß anzusehen. Den Burschen im Stuhl kannte ich und fand, daß man ihn schlecht behandelte, es war wirklich eine Schande, aber wenn man der Sache richtig auf den Grund ging, bedeutete mir der Bursche nicht viel ...
Ich war ein wenig verdutzt, vielleicht sogar ein bißchen erschrocken, als mir irgendwann plötzlich klar wurde, daß es nicht mehr der erste, sondern schon der zweite Tag der Befragung mit Unterbrechungen war. Ich hatte einen Tag verloren. Ich schien allmählich ein Experte im Verlieren von Erinnerungen zu werden. Aber die, welche ich hier in diesem Raum verloren hatte, würden mir kaum fehlen.
Ein wenig Sorge bereitete mir der Beobachter, wie ich ihn nannte. Das war ein kleiner, dicker Mann mit Chirurgenmaske, -mütze und -mantel, der so unauffällig in der Ecke blieb, daß ich eine Weile brauchte, um mir klarzuwerden, daß er wirklich vorhanden war. Er benahm sich keineswegs wie ein Chirurg. Die Ärztin führte die Behandlungen durch, mit der Unterstützung von Dugans Muskelkraft, sobald erforderlich. Der Beobachter sah einfach zu. Ganz selten machte er eine Bemerkung. Er hatte eine recht angenehme Stimme, und manchmal war auch das, was er sagte, angenehm. Ich zumindest fand es.
»Nein, nein«, sagte er einmal, »wir können ihn nicht tot oder mit Dauerschaden brauchen, Dr. Somerset. Lassen Sie ihn doch jetzt lieber ein wenig ausruhen, ja?«
Im Lauf der Inquisition brachten wir es zu einer sehr befriedigenden Haß-Liebe-Beziehung, Dr. Elsie Somerset und ich. Ich war ihr Lieblingsspielzeug, und sie war jemand, den ich ganz langsam, ganz

überlegt, ganz schmerzhaft umbringen würde, wenn *meine* Zeit kommen würde. Die ausgeklügelten Foltern, die ich für sie erdachte – zum Teufel mit einfachem elektrischem Strom –, hielten mich aufrecht in den Zeiten, in denen die Drogenwirkung schwächer wurde und meine Technik des uninteressierten Zuschauers nicht mehr richtig funktionierte. Aber ich fand, es war nicht richtig, daß während so intimer Schmerzorgien ein Zuschauer anwesend war. Verdammt, es war, als triebe man Liebe in der Öffentlichkeit.

»Ich glaube, das genügt«, sagte der Beobachter eines Tages und trat vor. Es war das erstemal, daß er seinen Posten in der Ecke verließ. »Das genügt, Dr. Somerset. Wir können es als erwiesen annehmen, daß der Mann tatsächlich sein Gedächtnis verloren hat. Außerdem ist es allmählich ganz klar, daß wir mit diesen Methoden nicht zu den Informationen gelangen werden, die wir brauchen. Wir gewinnen nichts, wenn wir weitermachen.«

»Wenn Sie mich nur gewähren ließen –«

Ihre Stimme war vor Enttäuschung noch heiserer als gewöhnlich. Sie war ein häßliches kleines Mädchen, dem gesagt wurde, es solle aufhören, mit seiner Lieblingspuppe zu spielen. Beinahe tat sie mir leid.

»Nein. Er muß am Leben bleiben und sich wieder erholen, so lauten meine Instruktionen.« Die Stimme des maskierten kleinen Mannes war scharf. »Der Name, den er Ihnen angab, der am Telefon genannte Name, wurde überprüft. Wir haben einige sehr interessante, ziemlich beunruhigende Informationen über diesen Mann und die Organisation, für die er arbeitet. Er ist wirklich ein sehr interessanter Mann. Zu schade, daß er in unsere Angelegenheiten verwickelt werden mußte. In seinem Geschäft – seinem wirklichen Geschäft, das nicht die Fotografie ist – werden gelegentliche Befragungen einkalkuliert, wir brauchen also keine Vergeltung für das zu erwarten, was wir bisher getan haben. Es stehen aber Leute hinter ihm, die Aktionen einleiten könnten, wenn wir viel weitergehen; Leute, mit denen man sich besser nicht verfeindet. Der Telefonanruf galt ebenso uns wie ihm. Es war eine Warnung. Wir sind der Ansicht, man sollte sie ernst nehmen. Wir wollen also die Sache abschließen. Sperren Sie ihn ein und bewachen Sie ihn, bis Sie weitere Instruktionen erhalten. Wir müssen versuchen, auf anderem Weg herauszufinden, was mit Walters geschehen ist.«

Als der Beobachter fort war, kam die Ärztin selbst her, um mich zu befreien, obwohl das gewöhnlich Dugans Aufgabe war. Sie sah mich lange liebevoll und traurig an, bevor sie die Riemen und Gurte löste.

Ich blickte in die intelligenten Augen in dem Wasserspeiergesicht, und es gelang mir, den Mund zu halten. Ich hatte überlebt. Zum Teil, das wußte ich, indem ich mich nicht wehrte und nicht widersprach. Dugan war fast ebenso enttäuscht wie Dr. Elsie Somerset, glaube ich. Er schleppte mich wütend aus dem Zimmer, rollte mich grob zurück ins *Hyazinthe* und warf mich praktisch in Tommy Trasks Arme.
»Der spindeldürre Schweinehund hat die beiden geschlagen!« sagte er verbittert. »Der und seine geheuchelte Amnesie! Wenn sie mich nur drangelassen hätten, ich hätte es schnell aus ihm rausbekommen.«
»Oder ihn erledigt«, sagte Trask. »Vorwärts, Mr. Madden, es ist Zeit für die Heia.«
»Die Befehle lauten, ihn *sicher* aufzubewahren«, sagte Dugan.
»Bei uns ist jeder sicher, Mr. Madden, nicht wahr«, sagte Trask. »Sicher wie 'n Baby im Körbchen . . .«
Ich schlief ein und lächelte, wie ein Baby im Körbchen. Phase eins war alles in allem annehmbar zufriedenstellend beendet worden. Jetzt kam Phase zwei, aber das hatte keine Eile, gar keine Eile. Etwas Kraft und Vernunft würden dafür erforderlich sein. Ich schlief deshalb den ganzen nächsten Tag, wachte nur zu den Mahlzeiten auf. Man hatte mich aus verständlichen Gründen, die mit der Hygiene zusammenhingen, auf sehr knappe, milde und unbefriedigende Rationen gesetzt. Nun begann Trask, mir richtiges Essen zu bringen, und ich holte die versäumte Zeit und die Kalorien nach. Zwischen den Mahlzeiten schlief ich. Allmählich verflüchtigte sich die Wirkung der Drogen, die man mir gegeben hatte, und der Nebel von Schmerz, Krankheit und Müdigkeit begann sich zu lichten.
Während mein Bewußtsein wieder klar wurde, studierte ich sorgfältig meine Umgebung, stellte fest, wie die Tür verschlossen wurde und prüfte die Aussicht aus den vergitterten Fenstern der beiden Zimmer und des Badezimmers nebenan. Ich bekam einen ziemlich klaren Eindruck von der Lage des Geländes; wie die Abschirmung angelegt war und wohin die gepflasterten Wege unter den Bäumen führten. Trask war etwas anderes. Er war fast einsachtzig groß und wog gut über hundertachtzig muskulöse Pfund. Auch wenn ich ganz gesund gewesen wäre, hätte ich gezögert, meine Kraft an seiner zu messen. Er war nicht sehr klug, aber kein übler Kerl . . .
Ich wußte eigentlich nicht genau, worauf ich wartete, bis dieser Abend kam. Irgendwie war ich in der richtigen Verfassung. Ich würde, hier eingeschlossen, weder stärker noch klüger werden. Wenn ich

noch viel länger wartete, konnte etwas geschehen, das meine Lage verschlimmerte.

Ich hörte Trask kommen, er pfiff vor sich hin. Es würde Roastbeef geben, das ahnte ich.

Ich sah, wie die Tür geöffnet wurde, und trat zum Fenster, wie ich das sollte; wir hatten diese disziplinären Einzelheiten schon lange auf freundschaftliche Art geregelt. Trask schob die Tür weit auf, prüfte meinen Standort und wandte sich dann zu dem Tablett um, das er auf das Regal neben der Tür gestellt hatte, um beide Hände frei zu haben, für den Fall, daß ich die Absicht hätte, mich auf ihn zu stürzen. Die Tür konnte von beiden Seiten nur mit einem Schlüssel geöffnet werden; der Schlüssel steckte in seiner Tasche.

»Nicht ganz durchgebraten, wie Sie es lieben, Mr. Madden«, sagte er freundlich, während er den Teller abdeckte. »Und ich hab' Ihnen auch ein Bier gebracht. Augenblick, ich mache Ihnen die Flasche auf. Tut mir leid, kein Steakmesser, aber das ist ein zartes Stück Fleisch, da kommen Sie schon mit der Gabel zurecht.«

Ich kam grinsend näher, während er zur Seite trat. »Sicher. Wenn ich ein Messer hätte, könnte ich Ihnen ja die Kehle durchschneiden! Man kann nie wissen, bei einem gefährlichen Burschen wie mir . . . ach, verdammt!« Ich stieß die Flasche von der Tischecke, während ich mich hinsetzte. »Entschuldigen Sie, Tommy . . .«

Er wollte die Flasche aufheben, die nicht zerbrochen war. Sie rollte über den Fußboden und spie Bier und Schaum auf den Teppich. Er bückte sich, um nach ihr zu greifen, da merkte er, was er tat und hielt inne. In diesem Augenblick versetzte ich ihm einen Hieb, der ihm das Genick brach.

NEUNTES KAPITEL

Ich muß zugeben, daß es mich fast ebenso überraschte wie ihn. Er ging sofort zu Boden. Er zuckte ein paarmal häßlich, dann lag er schlaff und still.

Ich rieb meine Hand, die von der Wucht des Schlages schmerzte. Sie war stark geprellt – anscheinend war ich keiner von diesen ziegelzertrümmernden Karateexperten –, aber es schien nichts gebrochen zu sein. Okay. Nächster Schritt: Schlüssel und eine Waffe. Ich nahm die Schlüssel aus seiner Tasche. Auf Grund sorgfältiger Beobachtungen war ich ziemlich sicher, daß er keine Waffe trug, durchsuchte ihn aber dennoch. Nichts. Ich nahm seine Brieftasche, da ich nicht wußte, wo meine hingekommen war, und ich brauchte Geld, wenn mir die Flucht hier gelang. Ich fühlte mich ein wenig schuldig, wie ein Dieb. Ich schloß die Tür auf und ging hinaus. Das Haus *Hyazinthe* enthielt meine Gefängniswohnung sowie einen Wohnraum für die Schwester oder den Pfleger. Neben dem Wohnraum gab es ein kleines Badezimmer und einen Wandschrank. In diesem fand ich meine Kleider und allerlei Krankenhausgerät, darunter zwei Paar Krücken, aus Aluminium und aus Holz. Ich zerlegte eine der Holzkrücken, indem ich zwei Flügelmuttern entfernte und die Bolzen herauszog. Der gerade untere Teil schien aus stabilem Hartholz zu sein und war über einen halben Meter lang. Das mußte als Waffe genügen.

Ich kleidete mich an. Es war seltsam, wieder richtige Kleider zu tragen, nachdem ich – mit einem Zwischenspiel von nur einem Tag – so lange in Pyjamas gesteckt hatte. Widerstrebend ließ ich meine Sportjacke liegen, nachdem ich nachgesehen hatte, ob sie nichts Wichtiges enthielt. Auch in der Hose war nichts. Zum Glück gehörte zu dem Anzug, den mir Kitty damals ins Krankenhaus gebracht hatte, ein warmer Pullover mit Rollkragen, so daß ich mich ins Leben stürzen konnte, ohne die Gefahr einer Lungenentzündung heraufzubeschwören.

Dennoch fröstelte ich, als ich in die kalte, feuchte Luft hinaustrat. Es war Nacht, aber es gab auf dem Gelände genügend Licht für ein nächtliches Fußballmatch. Der schwache Nebel schien die Beleuchtung obendrein in alle Winkel zu strahlen, die mir hätten Deckung bieten können. Ich würde mehr auffallen, wenn ich von einem Flekken Deckung zum anderen schlich, als wenn ich einfach wie ein Mann mit einer normalen Beschäftigung dahinging. Also wanderte ich lässig vor mich hin und schwenkte mein Krückenstück wie einen Spazierstock.

Es war zu spät für Patienten, sich im Freien aufzuhalten. Sie waren entweder beim Essen im Hauptgebäude, oder man servierte ihnen ihr Abendbrot in den Häusern, je nach ihrer körperlichen oder geistigen Verfassung. Im Augenblick waren keine Angestellten zu sehen. Nach Ausschaltung von Trask gab es ohnehin nur einen Angestellten, abgesehen von der Institutsleitung, der mich interessierte. Die übrigen hatten nichts mit den Vorgängen in der Schlangengrube zu tun. Ich wußte das von Trask. Er fand es unfair, daß die anderen sich ihm überlegen fühlten, bloß weil sie es mit einfachen Säufern und

Rauschgiftsüchtigen zu tun hatten, statt . . .
Ich sah Dugan kommen, er trug ein Tablett. Instinktiv wollte ich in Deckung gehen, aber dann änderte ich meine Absicht. Es war ein Glücksfall, ihn im Freien zu erwischen. Sonst hätte ich mir seinetwegen noch Sorgen machen müssen, bis ich ihn gefunden und aus dem Verkehr gezogen hatte. Es war typisch für Dugan, daß er jemandem mit einer halben Stunde Verspätung das Essen brachte. Es war auch typisch für Dugan, daß er, wenn er einen Patienten im Freien sah, wo er nicht sein sollte, nie daran dachte, Alarm zu schlagen. Damit hatte ich gerechnet. Er konnte allein mit ihm fertig werden. Dugan setzte das Tablett vorsichtig auf einer der Bänke ab und kam auf mich zu, wobei er hinter sich langte. Es war auch typisch für Dugan, daß er, ungeachtet der Hausvorschriften, etwas in seiner Hüfttasche trug, das weder seine Brieftasche noch ein Taschentuch war.
Ich hatte oft genug die Ausbuchtung gesehen, hatte aber nie herausgefunden, was es war. Jetzt zog er es heraus, und ich sah, daß es eine Art schmaler, biegsamer Totschläger war.
»Wohin, zum Teufel, wollen Sie denn?« fragte Dugan, als wir auf etwa drei Meter Entfernung voneinander stehenblieben. »Wo ist Tommy?«
»Trask ist nicht da«, sagte ich. »Nicht mehr. Armer Tommy Trask.«
Sein Gesicht veränderte sich. Er kniff die Augen seltsam zusammen.
»Sie verdammter Lügner! Tommy ist weder ein Einstein noch ein Muhammed Ali, aber er würde Sie niemals . . .«
Ich seufzte. »Verdammt, Dugan, Sie reden zuviel. Werden Sie mit dem Ding da auch noch etwas anderes tun, als es gegen Ihre Handfläche zu schlagen, oder soll ich etwa aus purer Angst vor dem Lärm tot umfallen?«
»Da du's haben willst, du Mistkerl, soll es mir eine wahre Freude sein.«
Er kam halb geduckt heran, ein wenig im Zickzack, und produzierte einen Scheinangriff. Ich schwang ungeschickt meinen Stock, wie eine schwache Keule. Er lachte und kam näher, ich schlug wirkungslos in seine Richtung und sprang erschrocken zurück, als er mit einem Schlag seiner Waffe reagierte. Ich stolperte gefährlich. Er lachte wieder und ging auf mich los wie ein Bär auf den Honigtopf. Ich nahm den richtigen Stand ein und stieß mit dem Stock wie mit einem Rapier in die Richtung seiner Augen. Ein Mann von einsneunzig hat eine beträchtliche Reichweite, wenn er sich in einem vollen Fechtsprung streckt, auch mit einem nur halben Meter langen Stock. Dugan fuhr

zurück und riß die Arme hoch, um sein Gesicht zu schützen. Da senkte ich mitten im Stoß die Spitze und rammte sie ihm, mit meinem vollen Körpergewicht, in den Bauch; dabei versuchte ich mich an die italienische Bezeichnung dieses Hoch-Nieder-Angriffs zu erinnern, den ich, das wußte ich noch, in einer Collegefechtmannschaft gelernt hatte.

Ich hörte, wie Dugan pfeifend die Luft ausging. Er klappte hilflos zusammen, faßte sich an den Bauch und sank in die Knie. Meine rechte Hand war im Augenblick zu empfindlich für weitere glänzende Karateschläge. So trat ich hinter Dugan, schob meine Hände unter seine Achseln, riß sie hinter seinem Nacken hoch und schloß die Finger ineinander, wobei ich seinen Kopf nach vorn drückte. An den Namen dieses Ringergriffes erinnerte ich mich allerdings: der ehrwürdige Doppelnelson. Ich hörte ihn stöhnen.

»Leb wohl, Dugan«, sagte ich. »Wir hätten uns besser nicht kennengelernt.«

Nachher schleppte ich ihn ins nächste Ziergebüsch und nahm seinen Totschläger, seine Brieftasche und den Schlüsselring an mich, der schwerer war als der von Tommy. Ich ließ ihm mein Krückenteil, holte das Tablett, das er weggestellt hatte, und schob es zu ihm ins Gebüsch, damit niemand aufmerksam wurde. Nun fiel mir ein, daß im Bungalow nebenan Licht gebrannt hatte, als ich das *Hyazinthe* verlassen hatte. Ich hatte zwar gewußt, daß das *Goldrute* bewohnt war, hatte mir aber wegen meiner eigenen Schwierigkeiten nicht lange den Kopf über meinen Nachbarn zerbrochen. Ich zögerte, holte tief Luft und ging zurück, um nachzusehen. Ich schlich an der Hinterseite des Hauses entlang zu den erleuchteten, vergitterten Fenstern. Die Jalousien waren herabgelassen, aber Dugan hatte, wie üblich, schlampig gearbeitet. Unter der einen war ein handbreiter Spalt. Vorsichtig lugte ich hinein und sah eine magere Frau in einem schmutzigen Krankenhauskleid, zusammengesunken auf einem Stuhl in der Ecke hocken; ich hatte sie noch nie gesehen . . .

Dann blickte ich genauer hin und fuhr zusammen, als ich merkte, daß die nackten Beine jung und schlank waren und daß auch die Gestalt jugendlich war, wenn sie auch eher auf der schmalen und sparsamen Seite weiblicher Vollkommenheit stand. Es war Kitty Davidson.

ZEHNTES KAPITEL

Das war eine Komplikation, die ich nicht brauchen konnte. Sie forderte von mir eine Entscheidung, die ich nicht treffen wollte, obwohl es keinen Grund gab, weshalb ich zögern sollte. Schließlich, wer hatte mich verraten und den Herrschaften hier ausgeliefert?
Der einzige Haken war, daß ich die Geschichte nicht verstand. Wenn Kitty auf derselben Seite – wessen? – stand wie die beiden Ärzte, was ich nach der Art, wie sie mich hergebracht hatte, annahm, warum sollte dann auch sie durch die elektrische Mangel gedreht werden? Die vertrauten roten Striemen an ihren Handgelenken und Knöcheln – meine waren noch immer sichtbar – bestätigten, was ich bereits vermutet hatte; aber wenn sie bloß wütend auf sie waren, weil sie eine so harte Nuß in ihrem Irrenhaus abgeliefert hatte, die sich gewissermaßen nicht knacken ließ, gab es einfachere Möglichkeiten, ihr Mißfallen zu zeigen. Die wissenschaftliche Methode ließ darauf schließen, daß sie gewisse Zweifel an ihrer Loyalität hegten. Wenn Kitty ganz auf ihrer Seite stand, brauchten sie sie ja nur zu fragen, oder? Jedenfalls schloß ich daraus, daß sie glaubten, Kitty wisse etwas, das sie nicht wüßten. In meinem gedächtnislosen Zustand schien es wahrscheinlich, daß ich dieselbe Information auch nützlich finden könnte. Ich erinnerte mich daran, daß sie, zumindest mit ziemlicher Wahrscheinlichkeit, eine Telefonnummer kannte, die für mich von gewissem Interesse war.
Dugans Schlüssel verhalfen mir zum Eingang in das Haus und in ihre Zimmer. Sie hörte nicht, wie ich die Tür öffnete, oder tat nur so.
»Kitty«, sagte ich. Sie starrte mich verwirrt an, als wäre sie nicht ganz sicher, wo sie mich schon einmal gesehen hatte. Ich war irgendwie betreten, wenn ich an das strahlende, hübsche Mädchen dachte, das ich gekannt hatte. Es war schwierig, dieses apathische, schmutzige Geschöpf zu hassen. Absichtlich gemein sagte ich: »Du gibst ein großartiges Schlangengrubenbild ab, meine liebe Kitty. Laß jetzt nur noch ein wenig Speichel über deine Unterlippe sabbern, dann bist du vollkommen.«
Ihr Kopf hob sich. In ihre Augen trat Leben, sie erkannte mich voll Wut. »Also . . . oh, du widerlicher Kerl!« keuchte sie und sprang von dem Stuhl auf.
Ich faßte ihre Handgelenke, als sie auf mich losging. Obwohl ich ihr, soviel mir bekannt war, nichts verdankte als eine Woche elektrischer

Greuel, war ich erleichtert. Es war gut so. Sie konnte noch wütend werden. Dr. Elsie Somerset hatte also nicht die höheren Werte auf dem Elektromesser eingestellt. Miss Davidson war vielleicht ein wenig lädiert, aber sie war noch bei uns.
»Nur die Ruhe«, sagte ich und hielt sie fest. »Tut mir leid, ich mußte dich aufrütteln. Wo sind deine Kleider?«
Sie wehrte sich nicht länger, und als ich sie losließ, starrte sie mich verwirrt an. »Haben sie . . . dich gehen lassen? Lassen Sie uns frei?«
»Uns?« sagte ich. »Was soll dieses ›uns‹? Auf wessen Seite stehst du eigentlich, Kitty?«
»Auf deiner natürlich«, sagte sie.
»Du hast eine verdammt seltsame Art, das zu zeigen.«
Sie wurde rot. »Ja, ich verstehe. Weil ich . . . du glaubst . . . Ach, ich kann nicht klar denken!« Sie schwankte, und ich streckte den Arm aus, um sie zu stützen. »Sie haben mich ganz durcheinandergebracht, diese schreckliche Frau und ihre furchtbare Maschine, die einen zu einer hilflosen Marionette macht, die an einer Schnur zuckt und ausschlägt . . . Ach, Paul, bring mich fort von hier! Bitte! Ich halte es nicht länger aus. Ich kann nicht mehr.« Sie begann zu weinen.
Ich nahm sie in die Arme. »Schon gut, Kitty!«
Nach einer Weile versteifte sie sich plötzlich, wie in Panik. »Sie haben dich gar nicht gehen lassen, oder? Du bist geflohen! Und dieser schreckliche Dugan wird jeden Augenblick mit meinem Abendessen kommen. Schnell, wir müssen weg . . .«
»Mach dir keine Sorgen wegen Dugan. Ich hatte bereits eine kleine Unterhaltung mit ihm und hab' ihn dazu gebracht, uns nicht mehr zu ärgern.« Ich fuhr rasch fort, ehe sie Fragen stellen konnte: »Und es gibt einiges, das ich wissen muß, bevor wir in den Regen hinauslaufen. Zum Beispiel, warum bin ich dank deiner gezückten Astra hier, wenn du auf meiner Seite bist?«
»Astra? Ach, die Pistole.«
»Ja, die Pistole«, sagte ich.
»Ich wollte nicht, daß er es tut«, sagte sie, immer noch an mich geschmiegt. »Ich versuchte, es ihm auszureden . . .«
»Wem?«
»Dem Mann in Washington . . . Können wir darüber nicht später reden? Ich will weg!«
»Welchem Mann in Washington?«
»Du weißt schon, den, für den du arbeitest. Natürlich, du erinnerst

dich nicht, aber du sagtest, ich solle mich an ihn wenden, wenn dir jemals etwas zustößt.« Sie schluchzte. »Also rief ich nach deinem Absturz die Nummer an, die du mir gegeben hattest –«
»Welche Nummer?«
Sie nannte sie mir; ich ließ sie noch einmal wiederholen. »Okay, jetzt weiß ich sie. Wie heißt er?«
»Seinen vollen Namen kenne ich nicht. Du nanntest ihn bloß Mac. Liebster, können wir jetzt nicht gehen, bitte? Hol wenigstens meine Kleider, damit ich mich anziehen kann, während du –«
»Also dieser Mac, für den ich arbeite, ließ mich von dir den Wölfen vorwerfen. Netter Bursche.«
Sie machte sich los, trat einen Schritt zurück und stieß hervor: »Er sagte, es sei zwar bedauerlich, aber unvermeidlich, und du seist geschult, mit solchen Situationen fertigzuwerden. Es sei die einzige Möglichkeit für uns, ihren Schlupfwinkel zu finden, und ich solle genau tun, was sie verlangten. Sonst würden sie ihr Vertrauen völlig verlieren, und deine ganze Arbeit wäre zunichte. Wenn . . . wenn ich dich ihnen nicht auslieferte, wenn ich dich zu schützen versuchte, würden sie wissen, daß ich keine echte Anhängerin der großen Sache bin, für die mein Mann sein Leben gab!« Sie wischte ihre Nase herausfordernd am Ärmel ihres Baumwollkleides ab. »Jetzt, bitte, such mir etwas anderes zum Anziehen als diesen Mehlsack! Ich glaube, Dugan hat meine Sachen ins andere Zimmer gebracht. Bitte!«
Ich hörte, soweit ich mich entsinnen konnte, das erstemal, daß sie einen Ehemann gehabt hatte; aber die Frage ihres Familienstands konnte warten. Sie hatte recht. Mit zwei Toten auf dem Gelände, die jeden Augenblick entdeckt werden konnten, hatten wir nicht viel Zeit zu vergeuden.
»Natürlich«, sagte ich. »Bleib hier, ich bin gleich wieder da.«
Im Zimmer des Pflegers fand ich in einem Schrank das rosa Blusen-Hose-Pullover-Ensemble, das sie getragen hatte, als ich sie das letztemal gesehen hatte, sowie ihre Schuhe und Wäsche. Als ich zurückkam, war sie nicht dort, wo ich sie gelassen hatte. Ich hörte die Dusche im Bad, ging hinein, und da kam sie gerade unter der Dusche hervor. Im Augenblick war es mir egal, ob sie splitternackt war oder eingepanzert wie Johanna von Orleans, und ihr sichtlich gleichfalls.
»Welche Sache?« fragte ich.
»Was?«
»Dein Mann gab sein Leben für eine große Sache, sagtest du.«
Sie hatte sich schnell trockengerieben und begann, ihr Haar zu trock-

nen. »Die PPP natürlich«, sagte sie leicht gereizt. »Die Volksprotestpartei. Wie lang willst du mich eigentlich noch quälen?«
Ich brauchte einen Augenblick, um die Verbindung herzustellen, obgleich mir einfiel, daß ich schon den Verdacht gehabt hatte, es gebe da einen Zusammenhang.
»Ach, du meinst diese Terroristengruppe, die alles mögliche in die Luft sprengt? Zum Beispiel auch Fährboote.« Sie war mit ihrem Haar beschäftigt und nickte nur. Ich faßte zusammen, was ich bisher erfahren hatte: »Dein Mann war ein Mitglied dieser Gruppe, wurde getötet, und nun hast du dich bei ihnen eingeschmuggelt. Ist es so?«
»Ja. Sie haben Roger umgebracht: Sie versuchten, mich glauben zu machen, er habe sich irrtümlich selbst in die Luft gesprengt, während er mit Dan Market ein Attentat vorbereitete, und ich gab natürlich vor, ihnen zu glauben, damit sie mir trauten, aber in Wirklichkeit hatte Roger von der ganzen entsetzlichen Sache die Nase voll. Er hatte die Absicht, sie auffliegen zu lassen. Offensichtlich planten sie seinen Tod, um ihn zum Schweigen zu bringen. Deshalb versuchte ich, Beweise zu bekommen, indem . . . ich mich ihnen anschloß.« Sie legte das Handtuch weg, nahm einen Kamm von der gläsernen Ablage und begann, sich mühsam zu kämmen. »Roger wurde drüben im Osten umgebracht, in Toronto. Dann schickten sie mich hierher an die Westküste, um einige Aufträge für sie zu erledigen. Ich wußte, daß sie nur meine Loyalität testen wollten, daß sie mir nicht ganz trauten und es wahrscheinlich nie tun würden. Mir wurde klar, daß mir die Sache über den Kopf wuchs, deshalb trat ich heimlich in Kontakt mit einem der Untersuchungsbeamten, die mich nach der Explosion in Toronto befragt hatten – ein Mann von der Polizei, namens Ross, du hast ihn im Krankenhaus gesehen –, und ersuchte ihn um Hilfe und Schutz.«
»Und dann kam ich?«
»Wie sich zeigte, schickten sie dich. Natürlich mußten wir uns sehr geheim kennenlernen, um keinen Verdacht zu erregen . . .« Sie warf den Kamm beiseite. »Ich weiß auch nicht, warum ich mich mit meinem verdammten Haar befasse! Wohin hast du meine . . . Ach, danke.« Sie kicherte plötzlich. »Du gibst eine großartige Kammerzofe ab, Mr. Madden. Hast du auf diesem Gebiet viel Erfahrung?«
»Leider kann ich mich nicht erinnern«, sagte ich. »Mir scheint, du hättest mir einiges von all dem schon früher sagen können.«
»Im Krankenzimmer? Es war . . . dort war ein Mikrophon versteckt.

Und im Telefon auch. Wanzen, so heißt das doch?«
»Wanzen«, sagte ich. »Aber im Flugzeug, das wir von Vancouver nahmen, gab es keine Wanzen.«
Sie sagte ein wenig verlegen: »Also, der Mann in Washington, Mac, war der Ansicht, daß es besser wäre, wenn du möglichst wenig wüßtest, da wir dich ihnen ausliefern wollten.«
»Natürlich, mein Kumpel Mac. Wie kam die Chinesin Sally Wong ins Spiel?«
»Du hast mit ihr zusammen eine andere Spur des Falles verfolgt, die zu nichts führte, soviel ich weiß. Sie zogen dich von dort ab und teilten dich mir zu.«
Es gab also keine Gefahr aus Asien. Nun, immer kann man nicht recht haben. Kitty knöpfte ihre Bluse zu. Ich reichte ihr die Hose, und sie zog sie an.
»Diese ganze Geschichte, daß du an einem Artikel über das Holzgeschäft arbeitetest«, sagte sie und zog den Reißverschluß zu, »und das hübsche Mädchen von der Fluglinie aufgabst, weil du dich Hals über Kopf in mich verliebt hast . . . ziemlich abgedroschen, aber es schien zu klappen. Man stellte mir natürlich Fragen über dich, aber Joan Market schien meine Antworten gelten zu lassen. Hätte ich mich jedoch geweigert, dich herzubringen, als sie es mir vorige Woche auftrug, hätte sie gewußt, daß ich log, als ich behauptete, dich wie die Pest zu hassen. Und zwar, weil du dich als heimlicher US-Agent entpuppt hattest, der versuchte, die PPP zu vernichten, und sich meine Zuneigung erschlichen hatte, indem er vorgab, ein harmloser Fotograf zu sein.« Trotz ihres feuchten und wirren Haares und der hastig übergestreiften Kleidung war eine Spur der alten Kitty an ihr. Sie lächelte schon wieder richtig fröhlich.
»Wer ist Joan Market?« fragte ich. »Wer ist Dan Market?«
»Joan Market ist mein Kontakt, so würdest du das wohl nennen; die Person, durch die ich zur PPP kam. Eher ein Hippietyp, Kraushaar, langer Baumwollrock und sehr argwöhnisch; es war aber nicht allzu schwer, sie zu überzeugen, daß ich die flammende Fackel der Freiheit dort aufnehmen wollte, wo mein Märtyrerehemann sie hatte fallen lassen – und wenn du das für schmalzig hältst, solltest du sie eine Weile reden hören. Ihr Mann, Dan, ist bei der Explosion in Toronto mit Roger ums Leben gekommen.« Kitty zog mühevoll ihren rosa Pullover über und ihr langes Haar darunter hervor. »Können wir jetzt gehen?«
»Was ging schief?«

»Natürlich mißtrauten sie mir – vor allem, nachdem sie erfahren hatten, wer du wirklich bist. Ich weiß nicht, wie deinem Chef, oder was immer er ist, dieser Fehler passieren konnte: daß er deinen wahren Namen am Telefon nannte. Ich hatte ihm von Anfang an gesagt, daß sie alles abhörten, was in deinem Zimmer und über das Telefon gesprochen wurde. Nachdem sie mich dazu benutzt hatten, dich herzubekommen, waren sie wohl der Meinung, daß ich ihnen nicht mehr viel nützen könnte, und wollten herausfinden, wo ich wirklich stand.« Sie zögerte. »Ich . . . ich sagte es ihnen, Paul, ich sagte ihnen alles.«
Ich grinste. »Zum Teufel, ich auch. Zumindest alles, was ich wußte. Wer will schon ein Held sein? Aber was sie wirklich erfahren wollten, an das konnte ich mich nicht erinnern. Walters! Walters! Was ist so verdammt wichtig an Herbert Walters?«
»Ist das nicht klar? Er war einer von ihnen; zumindest nahm er an den Sitzungen der Spitze teil. Er weiß – wußte – alles über ihre nächste Operation.«
Ich dachte eine Minute darüber nach und pfiff leise. »Jetzt beginnt es sich zu reimen! Sie haben wieder einen großen Schlag vor, nicht wahr? Wenn aber der vermißte Walters ihre Pläne durchkreuzt, geht die Sache schief . . . Sicher. Sie müssen wissen, ob sie ungefährdet zuschlagen können. Ich nehme nicht an, daß du weißt, was sie in die Luft sprengen wollen?«
Sie schüttelte schnell den Kopf. »Mein Gott, nein! Das ist eine Sache der obersten Leute. Ich war nichts als ein Rekrut auf Bewährung . . . Bitte, Paul, können wir jetzt gehen? Hier fühl' ich mich entsetzlich.«
Ich nickte. »Der Wächter draußen macht seine erste Runde ungefähr zur Zeit des Abendessens, und wenn er pünktlich ist, müßte er bald zur *Aster* zurückkommen. Dort ist ein schönes Gebüsch von nassem Flieder, in dem ich mich verstecken kann . . . Und merk dir, wenn ich sage, bleib irgendwo und rühr dich nicht, dann bleibst du dort und rührst dich nicht, gleichgültig, wie tief du im Schlamm versinkst oder wie heftig es auf dich runterregnet.«
Kitty wirkte ein wenig blaß. »Ich werde mein Bestes tun, Paul.«
Tatsächlich war es leicht. Es regnete nun schon ziemlich heftig, und der Wächter, ein untersetzter Mann mittleren Alters, trug einen langen, gummierten schwarzen Regenmantel, der im matten Lampenlicht naß glänzte. Er raschelte so laut beim Gehen, daß er das Brüllen eines angreifenden Löwen nicht hätte hören können, und seine

Wendigkeit wurde auch nicht dadurch erhöht, daß ich ihn von hinten ansprang. Der erste Schlag mit Dungas Totschläger warf seine Uniformmütze zu Boden und ließ den Mann auf Hände und Knie zusammensinken.

ELFTES KAPITEL

Ich brauchte nicht lange, um Besitzer eines 38er Colt Revolvers zu werden, einer ziemlich kräftigen, zum Tragen im Halfter bestimmten Waffe. Nach kurzem Suchen fand ich bei dem Wächter auch einen Patronenhalter aus Kunststoff, einen Schnellade-Clip mit sechs Patronen, die mit einem Griff in die Trommel geschoben werden konnten. Ich fragte mich, auf welche Art von Feuergefecht er auf dem Gelände einer Heilanstalt wohl vorbereitet gewesen war. Ich nahm auch seine Brieftasche und weitere Schlüssel an mich. Hoffentlich würde ich in dieser Nacht nicht zu schwimmen brauchen. Mit all dem Metall, das ich bei mir trug, würde ich untergehen wie ein Stein.
Ich wandte den Kopf und pfiff leise. Eine schlanke Gestalt löste sich von den nassen Büschen und kam über den Rasen auf mich zu. Hellrosa, stellte ich fest, war für diese Art nächtlicher Flucht keine sehr praktische Farbe.
»Faß ihn an den Füßen«, zischte ich und führte sie zu dem Toten. »Der Alte ist mir allein zu schwer, und ich will nicht die Aufmerksamkeit auf ihn lenken, indem ich eine Spur hinterlasse, wenn ich ihn über den Rasen schleppe . . . Was gibt's denn?«
»Aber . . . der Mann ist ja tot!« In ihren Augen lag Entsetzen. »Du hast ihn getötet!«
Ich holte tief Atem und sagte mir entschieden, daß ich ein vernünftiger Mensch ohne Hang zu Wutausbrüchen sei. »Ja, was, zum Teufel, hast du denn erwartet? Meine Fluchttechnik scheint dir zu mißfallen, dann vorwärts, benutz doch deine eigene!«
Sie blickte auf den Mann auf dem Weg zwischen uns nieder. Ihr Gesicht war weiß und angespannt: »Aber du mußtest doch nicht –«
»Sag mir nicht, was ich tun oder nicht tun soll!« schnauzte ich sie an. Zum Teufel mit der Vernunft! »Ich habe sie gewarnt, an dem Tag, an dem du mich herbrachtest. Sie ignorierten meine Warnung. Jetzt hau ich ab, und wer mich daran hindert, stirbt!«
»Aber er hat dich doch nicht gehindert! Er war nur –«

»Nur zufällig auf einem Spaziergang rund um das Gebäude mit einem geladenen Revolver!« fauchte ich höhnisch. »Einem Revolver, mit dem er uns hätte erschießen können, wenn etwas schiefgegangen wäre. Die Entscheidung liegt bei dir, Kleine, aber mach schnell. Entweder du hilfst mir bei der dreckigen Arbeit, oder du überzeugst dich, wie weit du allein kommst, wenn du sanft und menschenfreundlich bist.«
Sie zögerte noch einen Augenblick und starrte zu mir hoch. »Dugan?« flüsterte sie. »Wieso wußtest du, daß wir uns wegen Dugan keine Sorgen zu machen brauchen? Hast du ihn auch getötet?«
»Um Himmels willen, willst du ihn etwa betrauern?«
Sie blickte mich seltsam an. »Und der Mann in deinem Haus, der große Blonde, Tommy Trask? Ich nehme nicht an, daß er höflich zur Seite trat und dich freiließ.«
»Tommy tut mir ein wenig leid«, sagte ich. »Er war wirklich kein übler Kerl.«
Das unterdrückte Geräusch aus ihrem Mund erwies sich erstaunlicherweise als Kichern. Oder doch beinahe.
»Du bist wirklich ein ziemliches Ungeheuer, nicht wahr, mein Schatz? Darüber war ich mir gar nicht klar.«
Das verblüffte mich. Ich nehme an, ich war mir darüber auch nicht klar gewesen. Ich hatte bloß so gehandelt, wie es notwendig und natürlich schien; aber ich sah ein, daß mein Verhalten in letzter Zeit nach konventionellen und zivilisierten Maßstäben ein wenig grob wirken mochte. Kitty lachte schließlich merkwürdig.
»Entschuldige, ich führe mich wirklich albern auf. Ich soll mich doch an diesen Leuten rächen, oder? Warum sollte es mich kümmern, wie viele von ihnen sterben?« Entschlossen strich sie sich das nasse Haar aus ihrem Gesicht, griff nach unten und faßte seine Knöchel. »Also, wo soll er hin?«
Zehn Minuten später, nachdem wir um Bungalows geschlichen und gelegentlich durch Büsche gekrochen waren, um Angestellten in Regenmänteln zu entgehen, die mit Tabletts voll gebrauchter Teller zwischen den Häusern und der Küche hin und her liefen, erreichten wir das Hauptgebäude. In der Dunkelheit brauchte ich eine Weile, bis ich den richtigen Schlüssel an Dugans Ring gefunden hatte; dann endlich drehte sich ein Schlüssel in meinem ungeschickten Griff, und die Tür sprang auf.
»Müssen wir hineingehen?« fragte Kitty leise. Ehe ich antworten konnte, sagte sie rasch: »Verzeih, es ist bloß die Davidson, die wieder

albern ist.«
Im Behandlungsraum brannte ein schwaches Nachtlicht. Das Zimmer stank noch immer nach menschlichem Leid und dessen Nebenprodukten. Kitty schlich an der Wand entlang. Vorsichtig öffnete ich die innere Tür, den schußbereiten Revolver in der Hand. In Dr. Elsie Somersets Untersuchungszimmer brannte gleichfalls ein schwaches Licht. Ihr Büro jenseits der offenen Tür schien hell beleuchtet zu sein. Ich schlich lautlos hin und lugte hinein. Sie war nicht dort. Ich winkte Kitty, mir nachzukommen, und trat ein. Ich zeigte auf den Stuhl hinter dem Schreibtisch.
»Setz dich dorthin und rühr dich nicht«, sagte ich. »Du bist der Köder! Wir warten auf den Tiger. Ich meine, die Tigerin.«
Ich trat zurück in den Winkel neben der schalldichten Tür, die in die Halle führte. Kitty hatte ihre Ellbogen auf den Tisch gestützt und beobachtete ängstlich die Tür. Regentropfen aus ihrem Pullover und ihrem langen Haar fielen auf die grüne, sonst glatte Schreibunterlage. Ich kannte die Ärztin nun schon recht gut. Ich wußte, sie würde bald zurück sein. Vielleicht weil sie den elektrischen Strom auf so besondere Art verwendete, haßte sie nämlich dessen Vergeudung. Sie würde die Lampen nicht brennen lassen, wenn sie nicht binnen kurzem in ihr Büro zurückkäme . . . Dann drehte sich der Türknopf, und sie trat eilig ein. Ihr gestärkter Mantel raschelte. Sie blieb jäh stehen und starrte auf die junge Frau, die sich ihres Schreibtisches bemächtigt hatte. Diese momentane Überraschung genügte; die schwere Tür schloß sich, von mir unterstützt, hinter ihr, bevor sie sich aus der Gefahr retten oder um Hilfe rufen konnte.
»Vorsicht, Doktor«, sagte ich. »Ein Revolver ist auf Sie gerichtet.«
Sie wandte den Kopf nicht. Sie war wirklich, auf ihre groteske Art, eine außerordentliche Person.
»Mr. Madden?«
»Mit einem Revolver in der Hand bin ich Helm«, sagte ich. »Madden ist der Bursche mit der Kamera.«
»Das muß verwirrend sein«, sagte sie und drehte sich sehr langsam und vorsichtig um. »Ich habe Sie anscheinend unterschätzt. Wir bekommen so viele großmäulige Schreier hierher, die das Haus Ziegel für Ziegel niederreißen wollen, wenn wir sie nicht mit untertänigsten Entschuldigungen sofort entlassen. Werden Sie mich jetzt töten?«
»Würde mir Spaß machen, aber ich verzichte, wenn Sie sich ordentlich aufführen«, sagte ich. »Ich brauche das nicht zu meiner persönlichen Genugtuung. Ich brachte Sie schon dort im Hinterzimmer jeden

Tag um. Ganz langsam, Stück um Stück.«
»Natürlich. Das tun sie alle.«
»Eigentlich wäre es gar nicht gut, wenn Sie wirklich tot wären«, erwiderte ich. »Die Toten leiden nicht. Solange Sie leben, kann ich hoffen, daß das Nachlassen Ihres Leidens nur von vorübergehender Art ist. Wenn es wiederkommt, wird es langsamere und bessere Arbeit bei Ihnen leisten, als ich es je tun könnte.«
Ihre Augen verengten sich. Ich sah, daß ich ins Schwarze getroffen hatte. Es war etwas, vielleicht das einzige, das sie fürchtete. Ihr Gesicht sah aus wie eine Fratze aus einem prähistorischen Alptraum, wie sie die Wilden der pazifischen Inseln auf Steinstatuen verewigten. Sie warf Kitty einen kalten Blick zu.
»All das, nur weil ein albernes Mädchen sich eine blödsinnige Rache für den Tod ihres läppischen Ehemannes ausdachte!« höhnte sie. »Ihr armseligen Geisteszwerge! Nur weil wir mit einem schwächlichen Verbrecher summarisch abrechneten. Mädchen, glaubst du das Recht zu haben, uns auch zu hintergehen und zu verraten? Und Sie, Helm, ein Söldner des Establishments, der sich ihren sentimentalen Kummer zunutze macht, um die Unterdrückungstendenzen der skrupellosen Regierungsunternehmer in den Vereinigten Staaten und ihrer Komplicen hier in Kanada zu fördern; alle versuchen vergeblich, eine große, spontane revolutionäre Bewegung zu unterdrücken, die für die Zukunft der Menschheit viel wichtiger ist als ein einzelnes Menschenleben oder hundert oder tausend . . . Erschieß ihn, Jake!«
Es hätte vielleicht geklappt. Sie hatte meine Aufmerksamkeit mit ihrer Revolutionstirade gefesselt; aber der Wächter, der hereinkam, war sehr, sehr langsam. Er hatte einen Halteriemen an seinem Halfter, und ich nehme an, er hatte nie geübt, ihn rasch zu öffnen. Als er zufällig die Tür öffnete und uns dort stehen sah und den scharfen Befehl der Ärztin hörte, sprang er vor und faßte an seine Hüfte. Ich nahm mir die Zeit, um mit dem schweren Revolverlauf auf Elsies Handgelenk zu schlagen, während sie nach meiner Waffe griff. Ich war noch immer außer Gefahr, als ich einen Schritt zurücktrat, den Revolver wieder hob und ganz ruhig zielte . . .
Allmählich merkte Jake, daß er erledigt war; der Totenschein war nur noch nicht unterschrieben, um es offiziell zu machen. Er erstarrte, den Revolver halb aus dem Halfter gezogen.
»Falscher Griff«, sagte ich. »Zwei Finger. Legen Sie ihn bitte vorsichtig auf den Schreibtisch.«

ZWÖLFTES KAPITEL

Dann standen alle und alles eine Weile ganz still – nun ja, Kitty blieb hinter dem Schreibtisch sitzen –, während ich die Lage überblickte. Das Ausschlaggebende war, daß der Wächter von den Problemen nichts geahnt hatte, sonst hätte er den Revolver in der Hand oder zumindest den Halteriemen offen gehabt.
»Ich glaube, es ist gebrochen«, sagte Dr. Elsie Somerset, das Handgelenk umfassend, auf das ich mit dem Revolverlauf geschlagen hatte.
»Prima«, sagte ich, »nichts ist so erfreulich wie eine gute Nachricht an einem trübseligen Tag. Was erwarten Sie – Mitgefühl? Ziehen Sie bitte Ihren Mantel aus. Vielleicht ist das nur ein Stethoskop, was Sie da in der Tasche haben, aber lassen Sie mir doch den Spaß, es selbst festzustellen, ja? Und schildern Sie mir dabei gleichzeitig, wie sehr das Ihrem zerschlagenen Handgelenk weh tut. Ich möchte jedes einzelne quälende Detail hören.«
Ich beobachtete, wie sie den gestärkten Kittel abnahm, wobei sie auf ihren verletzten Unterarm achtgab, falls er wirklich mehr als einen blauen Fleck abbekommen hatte.
Ich sagte: »Jetzt lassen Sie ihn auf den Boden fallen und nehmen Sie in der Sitzecke dort drüben Platz. Sie auch, Jake. Wie lautet Ihr vollständiger Name?«
Er war ein hagerer älterer Mann mit farblosen Augen, buschigen grauen Brauen und einem dichten grauen Schnurrbart.
»Frechette«, sagte er gedämpft; er sprach mit einem Akzent. »Ich heiße Jacques Frechette.«
»Okay. Nehmen Sie Platz, Mr. Frechette. Beim Sitzen haben Sie wahrscheinlich weniger aktive Einfälle.«
Ich beobachtete ihn sorgfältig, wie er zu einem der bequem gepolsterten Sessel ging – in einem saß bereits die Ärztin –, die um einen runden niedrigen Tisch am Ende des großen Büros gruppiert waren, vielleicht für zwanglose Gespräche zwischen Arzt und Patienten, vielleicht für Diskussionen mit dem Personal über medizinische und sonstige Angelegenheiten. Drei ebensolche Sessel standen an der Wand, falls mehr Leute kamen. Auf dem Tisch stand ein Telefon, ebenso auf dem Schreibtisch. Jetzt lag auf dem Schreibtisch auch noch ein Revolver.
»Kannst du mit dem umgehen, Kitty?« fragte ich, auf Frechettes Waffe zeigend. »Nicht bloß so mit ihm herumfuchteln, wie du's mit der kleinen Pistole auf der Fahrt hierher machtest, sondern wirklich

schießen?«
Sie schüttelte eilig den Kopf. »Tut mir leid, Paul, ich . . . ich habe wirklich noch niemals eine Waffe abgefeuert.«
»Also, nimm sie trotzdem, aber versuch bitte, mir nicht den Kopf wegzuschießen.«
Ich hob den Kittel auf und fand in den Taschen nichts als das Stethoskop. Ich schloß die Tür zum Untersuchungsraum mit seinen Skalpellen und Säuren, die im Notfall auch als Waffen dienen konnten. Dann leerte ich meine Taschen, indem ich die drei Brieftaschen herausnahm und die drei Schlüsselbunde und alles auf die Schreibtischunterlage warf. Ich wies auf die Brieftaschen.
»Bloß zu Ihrer Information, Mr. Frechette«, sagte ich. »Die drei Besitzer dieser Brieftaschen haben nicht freiwillig zu meinen Reisespesen beigesteuert. Ich würde nur ungern Ihre Brieftasche der Sammlung hinzufügen, aber ganz so ungern auch wieder nicht. Ich hoffe, Sie sind sich darüber im klaren, daß es besser ist, mit mir zusammenzuarbeiten.«
Der Mann leckte sich die Lippen. »In welcher Weise?«
»Können Sie Dr. Caine holen, ohne seinen Verdacht zu erregen? Sagen Sie nicht ja, wenn Sie Ihrer Sache nicht sicher sind.«
Frechette sah mich verdutzt an. »Ich soll den Direktor ersuchen, herzukommen?«
»Genau.«
»Es würde natürlicher klingen, wenn Dr. Somerset ihn riefe, Sir.«
»Das weiß ich, aber Dr. Somerset würde sich mit Freuden von mir erschießen lassen, wenn es ihr nur gelänge, vorher einen letzten Warnungsseufzer auszustoßen. Ich hoffe, Sie sind nicht ganz so bereit zu sterben, Mr. Frechette.«
Der Uniformierte zog die Stirn in Falten, als ob er Denken für schmerzhaft hielte, dann erhellten sich seine Züge. »Ich könnte Dr. Caine sagen, daß mich Dr. Somerset ersucht habe, ihn zu ihr zu rufen, Sir.«
»Tun Sie das«, sagte ich.
»Ich glaube, Dr. Caine ist noch im Speisesaal.«
Er war dort. Ich hörte über den Nebenanschluß auf dem Schreibtisch mit. Es schien zu klappen. Falls irgendwelche Kodewörter verwendet wurden, um den Notzustand zu signalisieren, merkte ich es nicht. Dann warteten wir. Kitty zitterte. Plötzlich ging die Tür auf.
»Was ist denn so dringend, daß es nicht eine Viertelstunde hätte —«

Dr. Caine brach jäh ab. Die Tür schloß sich hinter ihm. Sein Blick wanderte von mir zu Kitty und zu dem an dem runden Tisch sitzenden Paar, wieder zurück zu mir und zu der Waffe in meiner Hand. »Was ist los?« brauste er auf. »Ich muß Sie warnen, Madden, wir haben genügend Erfahrung im Umgang mit gewalttätigen Patienten, die aus diesem Institut zu flüchten versuchen. Sie haben keine Chance! Bitte, legen Sie die Waffe nieder und seien Sie vernünftig. Es wird nur noch schlimmer für Sie, wenn Sie jemanden verletzen.«

»Das ist aber sehr unangenehm«, sagte ich, »denn Trask liegt im Haus *Hyazinthe* mit gebrochenem Hals. Dugan liegt vor Haus *Goldrute* mit gebrochenem Hals. Und Ihr Freiluftwächter, der so freundlich war, diesen Revolver beizusteuern, liegt tot vor Haus *Aster*. Dr. Somerset behauptet, sie hätte ein gebrochenes Handgelenk. Ich habe also leider schon einige Leute verletzt, Doktor. Ich schätze, Sie werden meine Medizin, was es auch ist, schlucken müssen.«

»Mein Gott!« flüsterte er. »Mein Gott, Sie müssen von Sinnen sein!«

»Nun, Sie sind ja genau der Mann, der das wissen sollte, als Direktor eines solchen Instituts«, erwiderte ich und erhob mich vom Schreibtisch. »Jetzt sind Sie an der Reihe. Ich nehme an, es hat nicht viel Sinn, Dr. Elsie Somerset zu befragen, so gern ich es täte. Die kommt mir ziemlich zäh vor. Da scheinen Sie Vernunftgründen eher zugänglich zu sein.«

Er schluckte. »Befragen? Ich kann mir nicht vorstellen, was ich Ihnen sagen könnte —«

»Ich möchte wissen, wer der Beobachter ist«, sagte ich.

»Wer?«

»Ich meine den kleinen, korpulenten Kerl, der in der Ecke stand und sich den ganzen Spaß drüben im Erholungsraum ansah. Sagen Sie nicht, Sie hätten ihn nie gesehen, denn ich erinnere mich, daß Sie zweimal den Kopf hereinsteckten, und er war dort.«

Dr. Caines hübsches Gesicht wurde blaß. Er leckte sich die Lippen. »Tut mir leid, ich weiß wirklich nicht, wer der Mann ist.« Er brach ab, als er das scharfe Klicken des Revolvers hörte, der genau auf ihn gerichtet war. »Ach, *der* Mann!« sagte er atemlos. »Ja, ja, natürlich! Aber ich kann Ihnen leider nicht sagen . . . Ich meine, er kommt und geht einfach, wie es ihm paßt, Mr. Madden. Er wird mit dem Mercedes hergebracht, das ist alles, was ich weiß. Ich kenne seinen Namen wirklich nicht. Es wurde mir . . . nie gestattet, seinen Namen zu erfahren.« Er warf seiner Kollegin einen wütenden Blick zu. »Sie . . .

sie ziehen mich nicht in ihr Vertrauen, Mr. Madden; sie halten alles vor mir geheim, das schwöre ich. Sie zwingen mich nur zuzulassen, daß sie dieses Institut verwenden . . . ein unglückseliger Zufall in meiner Vergangenheit, völlig mißverstanden. Es ist reine Erpressung, Mr. Madden.«
»Ich will den Namen des kleinen Mannes wissen«, sagte ich, als er fertig war.
»Ich schwöre, ich kenne ihn nicht! Ich schwöre es!«
»Wie schade, Albert. Das ist wirklich schade. Also gut, gehen wir.« Ich winkte mit dem Revolver.
»Was . . . was wollen Sie tun?«
»Was zum Teufel glauben Sie wohl?« fragte ich gereizt. »*Ich* verfüge jetzt über die elektrische Ausrüstung, und ich weiß aus persönlicher Erfahrung, daß sie sehr wirkungsvoll ist. Ich habe die Expertin hier, um sie in Betrieb zu setzen. Wir werden wissenschaftlich feststellen, was Sie wissen und was nicht.«
»Sie meinen . . . Sie wollen mich *dorthin* bringen?«
»Ich war dort. Kitty war dort. Was ist daran Besonderes? Dr. Somerset fühlt sich so ausgeschlossen. Alle ihre hübschen Spielzeuge wurden ihr genommen. Jetzt hat sie niemanden mehr, mit dem sie spielen kann. Wir wollen sie doch nicht völlig frustrieren, oder? Ich denke, wir beginnen im Stuhl. Ich bezweifle, daß Sie so halsstarrig sind und die Sonderbehandlung brauchen, für welche sie den Tisch verwendet.«
»Aber das *können* Sie doch nicht tun!« keuchte er.
»Es wird mir das größte Vergnügen sein, das ich seit Monaten erlebte, Albert, größer noch als jenes, das ich empfand, als ich Dugan den Hals umdrehte«, sagte ich heiter. »Ich freue mich richtig darauf. Es gibt allerdings eine bedauerliche Möglichkeit, daß mein Vergnügen nicht sehr lang dauern wird.«
Er leckte sich über die Lippen. »Was . . . was meinen Sie?«
»Nun«, sagte ich bedächtig, »ich weiß nicht, wie man diese Schockmaschinen bedient. Das weiß nur Ihre Kollegin. Sie scheint ihren mysteriösen Kreuzzug oder ihre Revolution oder was immer es ist, sehr ernst zu nehmen. Das bedeutet, es besteht eine beträchtliche Chance, daß sie als logische Dame, die sie ist, wenn wir Sie auf dem Stuhl festgeschnallt und alle Elektroden richtig angebracht haben, einfach ihre Volts auf Hochspannung treiben und Sie für immer verbraten wird, damit Sie nicht reden können . . . Nun, Sie kennen sie ja besser als ich. Und wenn Sie wirklich nichts wissen, dann sind Sie ja

nicht in Gefahr.«
Dr. Caine starrte in das häßliche, grobe Gesicht am anderen Ende des Raums.
»Ovid«, flüsterte er. »Der Mann heißt John Ovid . . .«

DREIZEHNTES KAPITEL

Kitty brauchte eine Weile, bis sie herausfand, wie sie eine Fernverbindung herstellen konnte; dann war Washington keine Schwierigkeit mehr. Sie schob den Apparat über den Schreibtisch und reichte mir den Hörer. Ich legte ihn an mein linkes Ohr. Es herrschte eine unterdrückte Spannung, während ich das Tuten in der Leitung hörte. In gewissem Sinn rief ich per Ferngespräch meine eigene Vergangenheit an.
Als sich die Stimme meldete, erkannte ich sie sofort. Es war die Stimme des Mannes, der mich im Krankenhaus angerufen und mich mit dem Namen Helm konfrontiert hatte.
»Ja?«
»Ich rufe aus der Heilanstalt *Inanook,* irgendwo in der Nähe von Vancouver an«, sagte ich vorsichtig. »Ich möchte mit jemandem namens Mac sprechen.«
»Hier spricht Mac«, sagte die Stimme. »Zumindest nennen mich gewisse Leute unter bestimmten Bedingungen so. Hallo, Eric.«
»Wer ist Eric?« fragte ich.
»So heißen Sie in unseren Akten mit Ihrem Agenten-Kodenamen . . . Ich nehme an, Ihr Erinnerungsvermögen ist noch nicht wiedergekehrt.«
»Ich sammle eine Menge Informationen, aber es tauchen nur wenig Erinnerungen auf«, sagte ich. »Man sagte mir, ich arbeite für Sie. Erzählen Sie mir etwas über die Art, wie wir arbeiten, Sir. Besitzen wir Forschungseinrichtungen? Internierungsmöglichkeiten? Nützliche Kontakte mit den kanadischen Behörden?«
»Alles ist in gewissen Grenzen verfügbar«, sagte der Mann namens Mac, fünftausend Kilometer von mir entfernt. »Was brauchen Sie?«
»Zuerst Verstärkung«, sagte ich. »Aber die Verstärkung müßte richtig instruiert sein, denn es werden einige diskrete Bestattungen erforderlich sein —«
»Augenblick!« Macs scharfe Stimme klang argwöhnisch. »Sind Sie

ganz sicher, daß Sie sich an nichts aus unserer früheren Verbindung erinnern?«
»Es fällt mir absolut nichts ein, Sir. Ich würde Sie nicht erkennen, wenn ich Sie auf der Straße träfe. Warum?«
»Weil Sie der einzige Agent sind, der mit mir so übertrieben respektvoll spricht. Das ist ein alter Spaß oder Brauch zwischen uns.«
Ich überlegte einen Augenblick und sagte dann: »Vielleicht erinnert sich meine Zunge besser als mein Gehirn, Sir. Oder vielleicht bin ich nur von Natur aus so klug zu wissen, daß ich möglicherweise mehr Hilfe erhalten kann, wenn ich respektvoll darum ersuche.«
»Gewiß. Wie viele Tote?«
»Bis jetzt drei, aber der Abend hat ja erst begonnen.«
Ich warf Dr. Elsie Somerset einen vielsagenden Blick zu. Sie beugte sich zu dem uniformierten Wächter neben sich, vielleicht um ihm Fluchtinstruktionen zu geben. Als sie sah, daß ich sie anblickte, richtete sie sich wieder auf. Der Wächter schien nichts bemerkt zu haben; und Dr. Albert saß steif auf seinem Stuhl, als ob die beiden anderen völlig Fremde für ihn seien, deren Bekanntschaft er nicht zu machen wünschte.
»In Ordnung«, sagte Mac. »Nur weiter.«
»Ein wenig behördliches Personal wäre anzuraten«, sagte ich. »Ich habe die innere Zitadelle unter Kontrolle, aber der Rest der Festung befindet sich noch in feindlicher Hand. Ich halte auch einige hiesige Leute mit meinem Revolver in Schach, weiß jedoch nicht, wie viele von den anderen noch zu dieser PPP-Gruppe gehörten; ich würde es ungern sehen, daß die Fleischerrechnung sich noch beträchtlich erhöht. Hoffentlich können Sie jemanden mit einem Dienstabzeichen schicken, um mich rauszuholen, jemanden, der sich auskennt. Sagen Sie ihm, er soll direkt zum Büro des stellvertretenden Direktors, unmittelbar neben der Haupthalle, kommen. Gibt es ein gut verwendbares Klopfzeichen?«
»Wir benützen gewöhnlich drei und zwei Schläge.«
»Okay, aber sie sollten einen Waffengriff verwenden. Die Tür ist schalldicht. Ich warte, bis Sie sie in Bewegung gesetzt haben.«
Es herrschte eine Weile Stille. Ich konzentrierte meine Aufmerksamkeit auf die Frau, welche die einzig wirkliche Gefahrenquelle hier war, doch sie regte sich nicht und auch sonst keiner. Es war mir bewußt, daß ich im Augenblick fünftausend Kilometer weit über den Kontinent Mac anrief, er solle fünftausend Kilometer weit weg irgendwelche Beamte in Bewegung setzen, die vermutlich um die Ecke

von mir amtierten.
Seine Stimme kam wieder. »Also, sie schätzen, in etwa zwanzig Minuten.«
»Ist gut«, sagte ich. »Hoffentlich war das Experiment zufriedenstellend.«
Es blieb einen Augenblick still. »Welches Experiment?«
»Einen Agenten, der sein Gedächtnis verloren hat, den Haien vorzuwerfen und einfach zu hoffen, er würde sich erinnern, wie man zurückbeißt.«
Ich hörte Macs kurzes Lachen am anderen Ende der Leitung. »Bis jetzt würde ich das Experiment als gelungen bezeichnen. Schließlich sind Sie am Leben, Sie haben den Ort gefunden, den wir suchten – einen der Orte; wir haben Grund zu der Annahme, daß die PPP zumindest noch ein Versteck in dem Gebiet besitzt –, und Sie haben anscheinend die Oberhand gewonnen. Ich möchte darauf hinweisen, daß ich mein Bestes tat, indem ich Ihnen Ihren wahren Namen sagte. Es sind da Individuen im Spiel, die einen unbequemen Fotografen rücksichtslos, ohne viel Zögern beseitigen, aber einem unserer Leute keinen bleibenden Schaden zufügen würden. Wir bemühen uns, von Zeit zu Zeit zu demonstrieren, daß das ein sehr kostspieliger Schritt wäre.«
Ich dachte an den kleinen Mann in der Ecke des Folterzimmers und wie Dr. Elsie Somerset zurückgehalten und welche Gründe er angegeben hatte.
»Ja, Sir«, sagte ich. »Die Botschaft wurde verstanden, deshalb bin ich hier, und mein Gehirn ist noch mehr oder minder intakt.«
»Außerdem«, fuhr er fort, »hatte ich nicht nur zufriedenstellende Berichte vom medizinischen Personal des Krankenhauses, sondern die Agentin, mit der Sie früher in Verbindung standen, obwohl sie nicht zu meinem Stab gehört, war so freundlich, Sie zu besuchen und mir ihre Meinung zu übermitteln, wobei sie mich über Ihren Zustand beruhigte. Jedenfalls sollten Sie wissen, daß es zwei getrennte, voneinander unabhängige Nachforschungen gab, deren eine, mit der Sie und Miss Wong sich befaßten, zuerst nichts mit Bomben oder Terroristen zu tun zu haben schien. Miss Wong entdeckte die Zusammenhänge, als sie Zeugin eines Treffens zwischen ihrem Beschattungsobjekt, Herbert Walters, und einer gewissen Joan Market wurde, die mit einer anderen Nachforschung in Zusammenhang stand.«
»Ich habe von Mrs. Market gehört«, sagte ich. »Ich wurde also von Auftrag X zu Auftrag Y umgeleitet oder umgekehrt?«
»Ja, die Anti-Terroristen-Operation hatte Vorrang vor Miss Wongs

Auftrag, obwohl Sie mit ihr in Kontakt blieben und ihr halfen, soweit Ihre neuen Pflichten es Ihnen gestatteten.« Mac machte eine Pause.
»Aber wir haben keine Zeit, jetzt über Einzelheiten zu sprechen. Sie wollten, daß wir gewisse Nachforschungen anstellen.«
»Stimmt. Als erstes: John Ovid, wie der römische Dichter. Größe etwa einsachtundfünfzig, Gewicht ungefähr hundertfünfzig Pfund, ein richtiger Fettsack. Adresse unbekannt, aber er wird durch die von einem gewissen Lewis gesteuerte Anstaltslimousine befördert. Augenblick, ich habe einmal den Vornamen des Chauffeurs gehört, Gavin Lewis. Wenn sie Lewis schnappen, können sie vielleicht einen Hinweis auf Ovid finden. Er scheint mit der PPP-Führung in Verbindung zu stehen und besitzt beträchtliche Autorität. Außerdem sind da Dr. Albert Caine und Dr. Elsie Somerset, Direktor und stellvertretende Direktorin dieser Klapsmühle –«
Ich sah, wie Caine zusammenzuckte. Sogar unter so gespannten Bedingungen fand er offensichtlich, ich solle seinem Institut mehr Achtung zollen. Dr. Elsie Somerset starrte ins Leere und trommelte mit den Fingern geistesabwesend auf den Tisch.
Ich rief scharf: »Halten Sie sie ruhig, oder ich verabreiche Ihnen eine.« Sie blickte mich ruhig an, doch ihre Finger bewegten sich nicht mehr.
Mac sagte an mein Ohr: »Eric?«
»Verzeihen Sie, Sir. Eine kleine disziplinäre Angelegenheit.«
»Man brachte mir eben einen Vorbericht über *Inanook*«, sagte er. »Er betrifft vor allem Dr. Caine. Er war ein hochgeachteter Psychiater in New York, wurde jedoch mit einer Patientin beim Liebesspiel ertappt. Er scheint schließlich, nachdem er vor dem Skandal floh, der ihn seine lukrative Praxis kostete, die Leitung dieser obskuren Heilanstalt übernommen zu haben.«
»An der Sache muß verdammt mehr dran sein«, sagte ich. »Heutzutage schlafen doch, soviel ich weiß, gutaussehende Psychiater sowieso mit ihren Patientinnen, als Teil der Behandlung.«
Caine sah aus, als wolle er gegen diese Verleumdung seines Berufsstandes protestieren. Dr. Elsie Somerset starrte weiter die Wand an. Ihre eisige Miene gefiel mir nicht. Mein Instinkt sagte mir, sie plane etwas; es war bloß eine Frage der Zeit. Die alte Prärietype von Wächter neben ihr schien sich auch in sich selbst zurückgezogen zu haben. Vielleicht schlief er.
»Sie haben recht«, sagte Mac. »Dr. Caines Problem bestand darin, daß er sich die falsche Frau aussuchte. Sie war zufällig mit einem gewissen Emilio Brassaro verheiratet, einem Herrn, der dem Syndikat angehört

und – neben anderen verbotenen Unternehmungen – einen blühenden Importhandel mit Mittel- und Südamerika sein eigen nennt. Die Art der Importe ist leicht zu erraten. Anscheinend kann man Mr. Brassaro nicht als entgegenkommenden Ehemann bezeichnen. Dr. Caine flüchtete aus New York, weil er Angst um sein Leben hatte, und Mrs. Brassaro brauchte einige plastische Operationen – sie war ziemlich schlimm zusammengeschlagen worden, wenn es auch als Autounfall deklariert wurde. Es wird Sie interessieren zu hören, daß es Mr. Brassaros Assistent war, der Mrs. Grace Brassaro den ›Unfall‹ zufügte, ein gewisser Walter Christofferson. Sie kennen ihn – oder kannten ihn, je nach seinem derzeitigen Status – als Herbert Walters.«
»Wenn ich Sie recht verstehe, war also Walters, der das Flugzeug steuerte, mit dem ich in die Hekate-Meerenge stürzte, in Wirklichkeit ein Gangster im Dienst eines New Yorker Syndikatbosses. Soll das plausibel sein –«
Da wurde die Ärztin aktiv. Sie und Frechette rissen gleichzeitig den niedrigen Tisch hoch, so daß ich einen Augenblick lang nicht sehen konnte, was dahinter vorging. Dann stürzte Frechette zur Tür. Ich feuerte. Von der Stelle an der Wand vor Frechette, auf die ich gefeuert hatte, spritzte der Mörtel. Frechette blieb jäh stehen und riß die Hände hoch. Der aufgestellte Tisch fiel um, die Beine in der Luft. Ich sah, wie Dr. Elsie Somerset mit der Tür zum Untersuchungsraum kämpfte; sie hatte den Wächter als Köder benutzt, um mich abzulenken.
Bevor ich meine Waffe auf sie richten konnte, noch ehe die Ärztin die Tür aufgebracht hatte, zuckte ihr Körper merkwürdig. Ich hörte das Krachen einer Waffe, die nicht die meine war. Instinktiv, ohne zu begreifen, was geschah, warf ich mich zur Seite und zu Boden. Ich hörte noch einen Schuß, dann einen dritten . . .
Ich blickte hoch und sah Kitty hinter dem Schreibtisch stehen. Sie hielt Frechettes großen Revolver krampfhaft in beiden Händen, Tränen strömten über ihr Gesicht. Ich sah mich um. Frechette war fort; er hatte den Tumult benutzt, um zu verschwinden. Dr. Caine lag auf dem Boden, wo er sich hingeworfen hatte. Er wimmerte jämmerlich, war aber offensichtlich unverletzt.
Elsie Somerset lag neben der Innentür. Ich stand auf und ging zu ihr. Ihr Gesicht war blutüberströmt, und ihr Pullover wies dunkle Flecken auf, die naß glänzten. Sie öffnete die Augen und blickte mich an.
»Es war doch gebrochen«, flüsterte sie und starb.
Ich blickte auf die krankhaft häßlichen Züge nieder und auf das ge-

schwollene Handgelenk, das sie im Stich gelassen hatte, als sie versuchte, den Türknopf mit dieser Hand zu drehen. Es dauerte einige Sekunden, bevor ich zu Kitty ging, ihr den leeren Revolver aus der Hand nahm und ihn nachlud. Dann kehrte ich zu dem baumelnden Telefonhörer zurück, erklärte, was geschehen war, und legte auf. Wir warteten wortlos, denn anscheinend gab es nicht viel zu sagen.
Endlich klopfte jemand mit etwas Schwerem an die Tür. Es folgten noch zwei Schläge. Der Bewaffnete, der vorsichtig hereinkam – der erste, denn hinter ihm kamen noch etliche –, war der gedrungene Mann in Zivil mit dem dunklen Gesicht, der irgendwie mit der Polizei zusammenhängen sollte, der Schweiger, der meiner Befragung über den Flugzeugabsturz im Krankenhaus beigewohnt hatte. Ich erinnerte mich, daß mir Kitty vor kurzem seinen Namen gesagt hatte: Ross. Er sagte, ich solle ihm meine Waffe aushändigen, dann sei alles in Ordnung. Ein verdammt großspuriges Versprechen.

VIERZEHNTES KAPITEL

Es regnete noch immer, während wir über eine breite, moderne Autobahnbrücke fuhren.
»Sollte ich wissen, wo ich bin?« fragte ich.
»Du warst oft genug hier, Schatz«, sagte Kitty. Sie saß neben mir auf dem Rücksitz. Unser Fahrer war der stämmige braune Bursche, der die Rettungsexpedition zum *Inanook* geleitet hatte. Kitty sagte etwas lauter: »Nehmen Sie bitte die nächste Ausfahrt.«
Unser Fahrer nickte, zum Zeichen, daß er gehört hatte, verließ die Autobahn und fuhr durch eine Unterführung zu einem Gewirr hügliger kleiner Straßen. Er hielt vor einem einstöckigen weißen Holzhaus, das noch in Sicht- und Hörweite der Autobahn stand. Ich stieg aus, da das anscheinend von mir erwartet wurde, und half Kitty heraus.
»Danke, Mr. Ross«, sagte sie höflich zu dem Fahrer. »Es war sehr nett von Ihnen, uns mitzunehmen.«
Ich war ihretwegen beunruhigt. Sie war so gelassen und selbstbeherrscht gewesen. Ja, sie habe Dr. Somerset erschossen. Nein, sie verstehe nicht viel von Schußwaffen, aber ich sei mit dem Wächter beschäftigt gewesen und sie, Kitty, habe vermutet, daß ich die Frau nicht flüchten lassen wolle. Nein, sie brauche keine Beruhigungs- oder Schlafmittel, danke.

Und nun bedankte sie sich höflich bei unserem Fahrer für seine Mühe, wie eine ganz normale junge Dame, die nicht eben erst eine längere Gefangenschaft erduldet hatte sowie zwei Tage erfindungsreicher Foltern und dann auf sechs Schritt Entfernung drei von sechs Kugeln in eine menschliche Zielscheibe gejagt hatte. Entweder war sie ein Mädchen mit eisernen Nerven, das ich völlig verkannt hatte, oder sie zwang sich verbissen, diese wohlerzogenen Handlungen auszuführen und sich unter Kontrolle zu behalten.
»Keine Ursache, Miss Davidson«, erwiderte Ross. »Mr. Madden?«
Ich schloß die hintere Wagentür und ging zum Vorderfenster. »Ja?«
»Wir haben noch ein paar Dinge zu besprechen. Es ist jetzt spät, und ich bin müde. Wo kann ich Sie morgen erreichen?«
Kitty nahm besitzergreifend meinen Arm. »Er wird hier sein.«
»Dann werde ich, wenn ich darf, vorbeikommen. Gegen elf?«
»Ausgezeichnet«, sagte sie. »Es wird Kaffee für Sie bereitstehen.«
Wir sahen dem davonfahrenden Wagen nach, einer gewöhnlichen blauen Limousine amerikanischer Herkunft. Ich war froh, daß Ross verschwand, obwohl ich froh sein konnte, nicht im Gefängnis zu sein. Vielleicht war ich undankbar.
Ich wandte mich Kitty zu, die in ihrer Handtasche kramte – unsere Habseligkeiten waren im Bürosafe gefunden worden, den man von Dr. Caine hatte aufschließen lassen.
»Es ist die Dachwohnung«, sagte Kitty und reichte mir ein ledernes Schlüsseletui, wobei sie einen Schlüssel von den anderen absonderte. »Erinnerst du dich? Die Treppe ist an der Seitenwand des Hauses, dort drüben. Entschuldige, ich sollte dich nicht wegen deines Gedächtnisses necken, oder?«
»Tu das nur, es stört mich gar nicht.«
Wir stiegen die Außentreppe hoch. Es regnete noch immer. Ich schloß auf, öffnete die Tür und ließ Kitty an mir vorbei eintreten. Sie machte das Licht an, und ich sah eine kleine moderne Küche mit viel Naturholz.
»Ich glaube, wir brauchen einen Drink«, sagte sie. »Du findest alles dort drüben rechts vom Herd. Es ist kühl, meinst du nicht? Ich werde Feuer machen, während du die Getränke mischst. Es ist ekelhaft draußen.«
»Ja«, sagte ich.
»Für mich Scotch mit nur einem Eiswürfel, Schatz. Kein Wasser. Und du bist ein Martini-Trinker, falls du das vergessen hast. Ach, Liebster, immerfort rede ich von deinem schlechten Gedächtnis!«

Als ich die Drinks ins Wohnzimmer brachte, in dem es eine kleine Eßecke rechts neben dem Fenster gab, kniete sie vor dem Kamin und starrte ins Feuer. Die Tür daneben führte vermutlich ins Schlafzimmer mit dem Badezimmer dahinter.

»Hier, bitte«, sagte ich und reichte ihr das Glas über die Schulter. Sie nahm es und nippte daran. »Diese gepreßten Sägemehlklötze sind zwar nicht so romantisch, aber die bekommt man heutzutage leichter.« Sie nahm einen kräftigen Schluck, dann noch einen, leerte das Glas schließlich mit einem letzten Zug und gab es mir zurück. »Kitty möchte mehr«, sagte sie mit gespielter Kinderstimme. »Kitty möchte sich volltanken. Kitty ist eine Mörderin.«

»Es ist dein Schnaps«, sagte ich und ging wieder in die Küche. Als ich zurückkam, gab ich ihr das Glas wieder in die Hand. »Ein bißchen langsamer, das ist ziemlich stark«, sagte ich.

»Du hast hoffentlich nicht die Absicht, nüchtern zu bleiben. Ich brauche Gesellschaft. Vollgetankte Gesellschaft.«

»Ich laß dich nicht allein. Was feiern wir denn, außer dem Befreiungstag?«

»Hab's dir doch gesagt. Ich bin eine Mörderin.«

»Prima. Tritt nur dem Klub bei.«

Mir fiel ein, daß sie seit geraumer Zeit keine derartige Nahrung bekommen hatte. Ich erinnerte mich auch, soweit mein beschränktes Gedächtnis reichte, daß ich, abgesehen von einigen Gläsern Bier, ebenfalls keinen Alkohol getrunken hatte. Ich spürte, wie der ungewohnte Stoff zu wirken begann. Ich sah keinerlei Grund, weshalb ich nüchtern bleiben sollte. Kitty trank einen kräftigen Zug von ihrem zweiten Glas und sah mich ernst an.

»Nein, du verstehst nicht, Paul«, sagte sie betont und klar. »Du verstehst gar nichts. Ich habe die Frau nicht erschossen, um sie an der Flucht zu hindern, wie ich allen sagte. Das war gelogen. Ich tat es, weil ich es tun wollte.«

»Natürlich.«

»Aber du verstehst nicht!« widersprach sie. »Es war das einzige, das mich in diesem schrecklichen Raum am Leben erhielt, daß ich wußte, eines Tages, irgendwie, würde ich das Vergnügen haben, dieses sadistische Miststück umzubringen.«

»Und was gibt es sonst noch Neues?« fragte ich.

Sie sah mich finster an. »Du auch?«

»Ich und wahrscheinlich jeder, dem jemals diese Gurte und Elektroden, zumindest aus nichtmedizinischen Gründen, angelegt wur-

den.«
Kitty schüttelte den Kopf. »Es scheint nur so unglaublich . . . Ich ahnte nie, daß ich dazu fähig sei . . .« Sie kicherte plötzlich. »Anscheinend rede ich unzusammenhängendes Zeug, oder?«
»Ich kann dir folgen«, sagte ich. »Auf das Unzusammenhängende, möge es lange wirken.«
Wir tranken, und sie sagte: »Ich war entsetzlich geschockt, als du den Wächter erschlugst, aber jetzt . . . Wirklich, ich fühle mich bloß erleichtert, Paul. Wahrscheinlich ist es furchtbar, aber es sollte niemandem erlaubt werden, anderen Menschen so schreckliche Dinge anzutun und zu überleben.« Sie starrte mit weit aufgerissenen Augen an mir vorbei. Dort war nur die Tür des Kleiderschranks, die offen stand, so daß der bis zum Boden reichende Spiegel sichtbar wurde.
Ich hörte, wie Kitty unterdrückt kicherte; es klang halb wie ein Schluchzen. Sie ging an mir vorbei und trat vor den Spiegel, um sich eingehend zu mustern: das strähnige Haar, den zerknitterten Kragen, den ausgebeulten Pullover und die formlose, weite rosa Hose, an einem Knie aufgerissen, voll schwarzer Erde von dem Boden, über den wir gekrochen waren.
Sie begann zu lachen, während sie die ihr Lachen erwidernde Erscheinung anstarrte. Sie prostete der verwahrlosten Kitty-Karikatur im Spiegel zu und leerte das Glas. Dann schwankte sie ein wenig und erstickte fast an ihrem Lachen. Ich ging zu ihr und nahm ihr das leere Glas ab, bevor sie es fallen ließ. Ich stellte es mit meinem gleichfalls geleerten Glas ab und legte einen Arm um sie, als Stütze. Aus ihrer Kehle kam ein seltsam würgender Laut, sie drehte sich schaudernd um und drückte ihr Gesicht an meine Schulter.
»Nur ruhig, Kitty«, sagte ich. »Es ist jetzt vorüber. Du kannst ins Schlafzimmer gehen, diese lächerliche Hose auszuziehen, und ich werde inzwischen unsere beiden Gläser an der Bar . . . Was ist los?«
Ihre Augen musterten mich nachdenklich. Etwas hatte sich im Zimmer verändert. Ich stellte fest, daß es an dieser meiner angeblichen Verlobten eine Menge gab, das ich nicht wußte. Plötzlich war sie nicht mehr das arme Mädchen am Rand der Hysterie, das nach einem schrecklichen Erlebnis von einem starken Mann getröstet wurde. Unsere Rollen schienen sich unmerklich geändert zu haben, doch ich wußte nicht, wie.
Sie sagte entschieden: »Wenn du meine lächerliche Hose weghaben willst, Schatz, warum unternimmst du nichts dagegen?« Ihre Stimme klang irgendwie seltsam scharf. »Du bist doch der große Reißver-

schlußfachmann vom Krankenhaus, oder?«
Ich muß zugeben, daß ich schockiert war. Meine schlanke, reizende Dame, die sich in einem so kläglichen Zustand befand, hatte sich sichtlich ein unverblümtes Schlafzimmerspiel ausgedacht, zu dem es gehörte, daß ich ihren schlanken Leib aus dem grausamen Gefängnis schmutziger Lappen befreite . . .
»Also, was ist los, Paul?« fragte sie mit derselben harten Stimme, brach aber plötzlich ab. Dann sagte sie in ganz anderem, beinahe flehenden Ton: »Bitte, ich bin so wenig überzeugend als Nymphomanin, nicht? Bitte hilf mir! Willst du es nicht wissen?«
»Sag es mir«, antwortete ich, wußte aber, daß ich es gar nicht erfahren wollte.
Nach einer längeren Weile leckte sich Kitty die Lippen und sagte vorsichtig: »Also . . . sie hat mir ein paar unheimliche Dinge angetan, dir nicht, Liebster? Wirklich nicht? Und willst du nicht wissen, ob . . . ob du noch ein normaler Mensch mit allen intakten Reaktionen und Impulsen bist, oder nur ein billiges elektrisches Spielzeug, das widerlich am Ende eines Drahtes zuckt? Und . . .« Sie leckte sich noch einmal die Lippen. »Und das kann man nur auf eine Art und Weise feststellen, nicht wahr?«
Da war es. Nun hatte ich plötzlich eine klare, unwillkommene Erinnerung an den Stahltisch in der Folterkammer und an die peinigenden elektrischen Experimente, ausgeführt von der Frau mit dem steinernen Gesicht, die eine so wundervolle Kompensation für ihre unglückselige Krankheit gefunden hatte.
»Also gut«, seufzte ich, »okay. Ich hab dich verstanden, Puppe. Es ist zwar ein bißchen gefühllos, aber okay.«
Wir blickten uns an – einen etwas peinlichen Moment lang. Plötzlich lachte Kitty und sah an sich selbst hinunter.
»Ich bin natürlich in diesem Zustand nicht sehr sexy. Aber du bist ja auch gerade kein Gottesgeschenk für Frauen. Ich glaube, wir kommen ohne Parfum und Rasierwasser aus. Wenn . . . wenn wir's überhaupt schaffen.«
»Welchen Ort der Handlung haben Sie sich vorgestellt, Gnädigste?«
»Wie wär's gleich hier? Ich war schon immer heimlich scharf drauf, mich auf einem hübschen, haarigen Teppich vor einem offenen Kaminfeuer lieben zu lassen. Wenn's dir nichts ausmacht?«
»Aber nein, im Gegenteil. Betten sind so bürgerlich, oder?«
»Also, da stehen wir und reden – lächerlich. Sei doch so nett und heb die Arme hoch.« Als ich gehorchte, faßte sie meinen Rollkragenpull-

over am unteren Rand, zog ihn mir über den Kopf und warf ihn zu Boden. »Du bist dran.«
Ich zog ihr den ramponierten Pulli aus und warf ihn weg. Plötzlich lag sie in meinen Armen und bot mir ihr Gesicht zum Kuß. Ich fühlte mich ungeschickt und unerfahren, als hätte ich noch nie eine Frau so gehalten. Ich fand sie auf eine perverse Weise anziehend in ihrer schmutzig-rosa Landstreicherausstattung, so entbehrlich sie auch schien. Während ich eine mögliche Unzulänglichkeit in Betracht zog, spürte ich einen scharfen Schmerz in meinen Lippen. Kitty hatte mich gebissen. Ich wich zurück, da hakte sie einen Fuß hinter meinen Fußknöchel und gab mir einen Stoß. Jäh saß ich auf dem haarigen Teppich, der den Aufprall nicht sehr gut dämpfte.
»Was zum Teufel, Kitty –«
»Hör doch auf, mich wie eine Porzellanpuppe oder wie deine kleine Schwester zu behandeln, verdammt noch mal!« Sie kicherte. »Du siehst wirklich komisch aus! Der unbarmherzige Geheimagent sitzt da mit weit offenem Mund . . . Au!«
Ich hatte einen ihrer Fußknöchel gepackt und sie neben mich auf den Teppich gerissen. Sie stieß mit dem Fuß nach mir, riß sich los und versuchte lachend davonzukriechen. Ich faßte nach ihr, erwischte nur ein Hosenbein und zerrte heftig daran. Das bereits beschädigte Bein riß noch weiter und entblößte ein schlankes, strampelndes Frauenbein. Wir mußten beide lachen, während wir atemlos miteinander rangen, beide mäßig bedusselt und vielleicht vorschützend, etwas stärker alkoholisch enthemmt zu sein, als wir es tatsächlich waren. Dann hörten wir gleichzeitig zu lachen auf. Ich spürte, wie sie nachgab und sich an mich schmiegte; und auch ich reagierte. Wir brauchten nur einen Augenblick, um uns von den restlichen Kleidungsstücken zu befreien, die uns noch den Zugang zu uns versperrten . . .

FÜNFZEHNTES KAPITEL

Es war ein friedliches Erwachen. Ich lag zwischen sauberen Laken in einem weichen Bett in einem ruhigen Dachzimmer, das von diffusem Tageslicht erfüllt war, und irgendwo sang friedlich ein Mädchen. Ich fühlte mich prächtig, streckte mich, gähnte, stand vom Bett auf und fand das Bad. Im Spiegel grinste ich mir zu. Meine Lippe war leicht geschwollen, da, wo sie mich gebissen hatte.

Auf dem Bord über dem Waschtisch lag Rasierzeug und neben der Wanne hing ein sauberes Handtuch. Im Schlafzimmer war der Inhalt meiner Taschen auf dem Toilettentisch aufgestapelt worden, und auf einem der Stühle lagen frische Sachen, die mir paßten. Interessant. Anscheinend hatte ich mich vor dem fatalen Absturz in dieser Wohnung genug zu Hause gefühlt, um hier eine Garderobe zu unterhalten. Dennoch war ich sicher, daß die Dame des Hauses und ich in der vergangenen Nacht zum erstenmal . . . Als ich rasiert, gewaschen und anständig gekleidet in dem getäfelten Wohnzimmer erschien, deckte Kitty gerade den Frühstückstisch.
Sie trug neue Blue jeans und eine blau-weiß karierte Baumwollbluse mit langen Ärmeln. Ich trat hinter sie, schob ihr glänzendes Haar auseinander und küßte sie auf den Nacken, während sie ganz still neben dem Tisch stand.
»Miss Davidson, nehme ich an.«
»Nimm heute morgen nur nicht zu viel an, mein Lieber«, sagte sie ruhig. »Mir scheint, heute nacht haben wir beide schon genug angenommen.«
»Eine Frage, Gnädigste«, sagte ich zu ihrem Hinterkopf. »Wir waren anscheinend monatelang gemeinsam mit einem ziemlich gefährlichen Auftrag beschäftigt. Es wurde eine Verlobung erwähnt. Ich scheine sogar einige Kleidungsstücke hierher gebracht zu haben. Wie also kommt es, daß wir das noch nie vorher taten?«
Sie blickte sich schnell um. »Wenn ich nicht von den zwei kleinen Drinks so blau gewesen wäre, hätte ich es auch heute nacht nicht getan, und ich habe bestimmt nicht die Absicht, es je wieder zu tun!« Sie brach jäh ab. Röte stieg in ihr Gesicht. »Also, nicht so . . . Verdammt, da kocht etwas über.«
Ich blickte ihr lächelnd nach. Dann setzte ich mich hin und blickte wartend aus dem Fenster auf die Vorstadt im Sonnenschein – nun, es war an der Zeit, daß es hier auch einmal etwas Sonnenschein gab. Es war erst das zweitemal, daß ich blauen Himmel sah, seit ich im Krankenhaus erwacht war.
»Ihr Kaffee, Monsieur«, sagte Kitty, die zurückkam, »das heißt, was davon nicht auf den Herd geflossen ist.«
Es war sehr angenehm, sich mit einer Mahlzeit zu befassen, die nicht in einer Krankenhausküche zubereitet und nicht von einer Angestellten in Weiß serviert worden war. Schließlich goß ich mir eine zweite Tasse Kaffee ein und lehnte mich behaglich in dem Stuhl zurück.
»Du hast meine Frage nicht beantwortet«, sagte ich. »Ich meine, du

hast bei mir und den Untersuchungsbeamten ganz entschieden den Eindruck erweckt, daß unsere Beziehung ziemlich sexy war –«
»Ach, das!« Sie blickte nicht von ihrem Teller hoch. »Damit befolgte ich nur Weisungen. Mike Ross schien zu glauben, wenn ich sie oder irgend jemand – vergiß nicht, in dem Krankenzimmer war ein Mikro eingebaut – erraten ließe, daß unsere Verlobung rein platonisch gewesen war, hätten sie gemerkt, daß da etwas Besonderes im Gang war. Heutzutage gibt's keine platonischen Verlobungen mehr. Ich nehme an, der Mann, für den du arbeitest, hat Mike Ross nicht ins Vertrauen gezogen; wir wußten beide nicht, daß er absichtlich deine falsche Identität aufdecken würde. Und vielleicht übertrieb ich meine Darbietung als freches modernes Mädchen.« Sie warf mir einen kurzen Blick zu. »Sehr gut war ich ja wirklich nicht.«
Ich grinste, dann wurde ich ernst. »Dieser Ross – ich habe den Eindruck, ich gehöre nicht gerade zu den Leuten, die er besonders liebt. Ist er eifersüchtig oder dergleichen?«
Kitty wirkte erschrocken. »Auf dich und mich? Meine Güte, nein! Er hat bestimmt nicht das leiseste persönliche Interesse, zumindest merkte ich nie ein Anzeichen davon . . . ich glaube, es ist etwas anderes. Er war sehr verärgert, als sich zeigte, daß der uns als Hilfe zugewiesene US-Agent – sie mußten jemanden haben, der hier in Kanada nicht bekannt war – du warst. Anscheinend hatte er mit dir schon früher zu tun. Ich nahm an, daß das eine ziemlich unerfreuliche Begegnung war, obwohl er nie auf Einzelheiten einging.«
»Ich verstehe. Irgendein alter beruflicher Streit? Ich fragte mich, warum er mich so schlecht behandelte.« Ich zog eine Grimasse. »Und nun wollen wir von platonischen Dingen reden.«
»Was?«
»Von der platonischen Verlobung Miss Davidsons mit Mr. Madden«, sagte ich. »Sieht mir nicht ähnlich, so wenig ich auch von mir weiß. Und sieht auch dir nicht ähnlich, so wenig ich von dir weiß, wenn du mir verzeihst, daß ich das sage. Und doch sollen wir beide zusammen in dieser Wohnung gelebt haben, ohne –«
Sie sagte rasch: »Wir lebten nicht wirklich zusammen. Du verbrachtest nur die Nacht hier, wenn du auf dem Weg zu einem Fotoauftrag warst oder wenn du eine andere plausible Ausrede fandest, um von Seattle herüberzukommen, weil ich dir mitgeteilt hatte – wir verwendeten einen Kode am Telefon –, daß ich dir etwas zu berichten hatte. Wir waren nur gerade so lang beisammen, daß unsere Beziehung für jedermann überzeugend aussah, der mich kontrollieren würde.«

»Du meinst zum Beispiel deinen Kontakt zur PPP, Joan Market.«
»Ja. Wir wollten gemeinsam eine Basis bilden, auf der du mich ohne Verdacht zu erregen ständig schützen könntest, wenn die Dinge gefährlich wurden. Wir wollten aber nicht, daß du immer hier wohnst, bis es nötig wurde – Mike Ross wollte es nicht –, weil wir hofften, Joan würde mich aufsuchen, und nicht wollten, daß jemand anders sie abschreckte. Mike Ross ließ sie ständig überwachen, in der Hoffnung zu erfahren, wo sie sich versteckte, aber sie gab ihm nie eine Chance. Drüben im Osten war sie ziemlich gesellig gewesen, aber seit ich hierher übergesiedelt bin, kam sie mir nie in die Nähe. Es gab immer nur raffinierte Botschaften und komplizierte Telefonprozeduren.«
Ich schüttelte den Kopf. »Du weichst mir noch immer aus, Kitty. Soll ich annehmen, daß ich jedesmal, wenn ich die Nacht hier verbrachte, wie ein braver Junge meinen Pyjama anzog und mich auf die Couch im Wohnzimmer zurückzog? Und du gingst ins Schlafzimmer und sperrtest die Tür hinter dir ab?« Ich warf einen Blick auf die Schlafzimmertür. »Ich muß mehr Gentleman gewesen sein, als ich dachte. Das Schloß sieht nicht besonders schwierig aus.«
»Gentleman? Du warst ein eigensinniger Maulesel!« Kitty lachte wehmütig. »Natürlich fingen wir es verkehrt an. Leider wurde ich im voraus vor dir gewarnt. Es schien, ich würde für einen schrecklichen Kerl vom Typ Revolverheld Hausfrau spielen, der von jeder Frau erwartete, sie würde sofort ohnmächtig in seine männlichen Arme sinken. Wenn Arme überhaupt männlich sein können. Als du dann kamst, war ich entschlossen, dir auch nicht die leiseste Ermutigung zu geben. Es sollte zwischen uns alles rein geschäftlich laufen. Das stellte ich absolut klar. Ich war wirklich nicht interessiert – oder glaubte nicht, daß ich's war. Vergiß nicht, ich hatte gerade erst Schlimmes durchgemacht.«
»Natürlich. Dein Mann.«
»Ja. Roger. Roger Atwell – bei der Arbeit behielt ich meinen Mädchennamen bei, auch nachdem wir geheiratet hatten. Eigentlich brach er mir zweimal das Herz. Einmal, als ich erfuhr, womit er sich eingelassen hatte. Wahrscheinlich war es selbstsüchtig, aber die Tatsache, daß er mich heiratete, ohne es mir zu sagen, also, danach war es jedenfalls nie wieder ganz das gleiche. Und dann, als man ihn umbrachte, war es trotzdem ein furchtbarer Schmerz für mich. Weil er im Grunde ein sehr feiner Mensch gewesen war, trotz . . .«
»Trotz seiner Dynamit-Spielchen, gemeinsam mit einem Haufen von irren Fanatikern«, sagte ich, als sie schwieg.

Sie nickte ernst. »Aber gerade weil er ein so netter sensibler Mensch war, ließ er sich in diese Sache hineinziehen. Er konnte all das Leiden und die Unterdrückung, die er rund um sich sah oder zu sehen glaubte, nicht ertragen. Er hatte das Gefühl, etwas dagegen tun zu müssen. Die Zeitungsartikel über die Explosion in San Francisco brachten ihn völlig aus dem Gleichgewicht. Natürlich verstand ich das damals nicht; ich hatte keine Ahnung, daß er mit diesen Verrückten etwas zu tun hatte. Als sie aber tatsächlich nach Toronto kamen, wo wir wohnten, und ihm sagten, nun sei er, als loyales Mitglied der PPP, an der Reihe . . .« Sie schwieg einen Augenblick. Ich sagte nichts. Sie fuhr fort: »Damals hatte er einen Zusammenbruch und erzählte mir alles. Er sagte, er werde zur Polizei gehen, sobald er ihre Pläne erfahren habe . . . Es sei genügend Zeit, fast eine Woche, um das Ganze zu verhindern, aber das war die Nacht, in der der Bahnhof in die Luft flog. Er hatte geglaubt, Dan Market nehme ihn nur mit, damit sie sich das Terrain ansehen und Vorbereitungen treffen könnten. Roger wollte am nächsten Tag zu den Behörden gehen, er wollte nur im Besitz aller Informationen sein . . . Ich weiß, daß er mich nicht belog, ich weiß es. Sie verdächtigten ihn, täuschten ihn, indem sie ihm ein falsches Datum nannten, ihn dorthin lockten und ihn umbrachten, um zu verhindern, daß er sie verriet.«

»Und da schworst du Rache und tatest ein Keuschheitsgelübde; niemand sollte dich anrühren, bis die PPP für ihre Verbrechen bezahlt hätte.«

Sie wurde zornig, dann entspannte sie sich und schnitt mir eine Grimasse. »Es ist nicht nett, ein Mädchen zu verhöhnen, das seine Seele bloßlegt. Nachdem ich all das durchgemacht hatte, wollte ich mich nie wieder mit einem Mann einlassen. Nun, zumindest einige Jahre lang nicht. Als du dich dann als wesentlich menschlicher zeigtest, als ich erwartet hatte, erschien mir deine vornehme Zurückhaltung, nun ja, ziemlich wenig schmeichelhaft, du verstehst schon, was ich meine. Aber nur weil eine Frau anfangs einen Haufen Unsinn redet, bedeutet das doch nicht, daß der Mann sie für ewig bei ihrem blödsinnigen Wort nehmen muß!«

Ich lächelte bei ihrem aufgebrachten Ton. Die ungehemmte Vorstellung der vergangenen Nacht erschien nun eher plausibel.

»Hast du jemandem erzählt, daß dein Mann dir alles gestanden hatte, bevor er getötet wurde? Daß er plante, zur Polizei zu gehen?«

Sie schüttelte den Kopf. »Nein. Damals nicht. Später erzählte ich natürlich Mike Ross die ganze Geschichte, als ich ihn um Hilfe bat, aber

damals spielte ich, so gut ich konnte, die Unschuldige und Unwissende. Ich hoffte, es würde früher oder später jemand von der PPP nachsehen kommen, ob ich wirklich so blind und albern war, wie ich schien. Sie brauchten natürlich gar nicht zu kommen. Joan Market war ja hier. Sobald jemand bei der Behörde klar wurde, daß zwei der Toten nicht unschuldige Opfer waren wie die übrigen, sondern in Wirklichkeit Mitglieder der PPP, wurden wir, als die Frauen, einer besonderen Untersuchung und Befragung unterworfen, so daß Joan und ich viel Zeit gemeinsam in verschiedenen Büros und Warteräumen verbringen mußten.«
»Hattest du die Markets vorher gekannt?«
»Nein. Und Roger auch nicht, bis sie in Toronto mit ihm Kontakt aufnahmen. Die PPP hat – so behauptet sie – überall in den USA und Kanada Mitglieder verstreut, aber diese Leute sind mehr oder minder Kundschafter. Wie Roger in Toronto. Wenn dann die Führung in Vancouver ein Ziel auswählt, geht ein kleiner Einsatzverband dorthin und verrichtet mit Hilfe der lokalen Mitglieder die eigentliche Arbeit. Wenn du das Arbeit nennen willst. Joan und Dan Market gehörten zu der mobilen Einsatzgruppe für die Operation in Toronto. Das erfuhr ich natürlich erst später.«
»Wie bekamst du Joan Market dazu, dich als Anwärterin zu akzeptieren?«
»Es war eher umgekehrt; sie machte die ersten Annäherungsversuche«, sagte Kitty. »Ich erleichterte es ihr durch eifrige Reden gegen das Establishment. Ich wollte sehen, was sie unternehmen würde. Als die Polizei keiner von uns beiden etwas beweisen konnte und uns schließlich laufen ließ, lud mich Joan zur Feier zum Essen in ein drekkiges kleines Lokal ein, wo die Luft praktisch reiner Marihuanarauch war. Da machte sie mir die große Eröffnung, wobei sie mich genau beobachtete, ob ich die angemessene Überraschung zeigte. Natürlich gab ich vor, schockiert, aber nicht allzu schockiert zu sein. Es sei Krieg, sagte sie, und unsere Männer seien in heldenhaftem Kampf Seite an Seite in der vordersten Reihe der kämpfenden Untergrundarmee gefallen; ob ich nicht, indem ich Rogers Platz in dem großen Kreuzzug einnähme, sein Andenken erhalten wolle? Natürlich sagte ich ihr, ich würde es tun, sobald ich den schrecklichen, entsetzlichen Schmerz darüber, wie Roger mir sein Geheimnis verheimlicht hatte, überwunden hätte – um mich zu schützen, wie Joan behauptete. Das Schwierigste war, ihr mein Wissen darüber zu verheimlichen, daß sie meinen heldenhaften Mann hatten zerfetzen lassen, um ihn daran zu

hindern, sie zu verraten.«
»Sagte sie dir, wieso es dazu kam, daß ihr Mann mit deinem zusammen getötet wurde?«
»Das schien ein Unfall gewesen zu sein. Die selbstverfertigte Bombe war von Dan Market konstruiert worden, und sie explodierte vorzeitig, ehe Dan Roger unter irgendeinem Vorwand dort sitzenlassen und sich in Sicherheit bringen konnte.« Kitty strich zerstreut Butter auf ein Stück Toast. »Einige Wochen später erhielt ich meine ersten Instruktionen von PPP, das heißt von Joan. Ich sollte eine Versetzung ins Büro meiner Firma nach Vancouver verlangen, indem ich vorgab, ich könne es nach allem, was vorgefallen war, nicht länger in Toronto aushalten. Sichtlich wollte mich die PPP von allen, die ich kannte, fort und in die Nähe ihres Hauptquartiers bringen, wo es für sie leichter war, mich genau zu beobachten, für den Fall, daß ich schlauer sein sollte, als ich aussah. Ich gebe zu, ich hatte Angst; ich dachte, es sei sehr gut möglich, daß sie mich nur hierher locken wollten, um mich umzubringen. Damals setzte ich mich ganz vorsichtig mit Mike Ross in Verbindung. Er sagte, ich solle das tun, was Joan sagte, er werde jemand finden, der mich beschützen würde. Den Rest weißt du.«
»Nun ja, mehr oder minder. Was für eine Art Bulle ist eigentlich dieser Mike Ross?«
»Er scheint ein ziemlich einflußreicher Untersuchungsbeamter zu sein, obwohl er sich immer nur als einfachen Polizisten bezeichnet. Er sagt, er habe einen schottischen Vater und eine französische Mutter, aber mit seinem auffallenden Gesicht muß er sicher auch Indianerblut haben. Nicht daß das etwas ausmachte.«
Ich sagte: »Gibt es noch etwas Kaffee?«
Sie goß mir den Rest ein, der gerade noch meine Tasse füllte, und trug die leere Kanne hinaus in die Küche. Ich blickte ihr nach und sah zu, wie sie zurückkam; was ich über sie wußte, gefiel mir, und ich wollte noch mehr erfahren. Ich hatte sie anfangs ganz falsch beurteilt. So reizend sie war, so zerbrechlich sie aussah, gestern abend hatte sie eine Frau aus Motiven erschossen, die sie für hinreichend hielt. Sie hatte zugesehen, wie ich einen Mann tötete, und mir geholfen, seine Leiche zu verstecken. Sie war ein Mensch aus Fleisch und Blut, kein süßer Traum.
Sie setzte sich wieder mir gegenüber und betrachtete mich mit einer Miene, aus der ich nicht klug wurde. Plötzlich sagte sie: »Ich habe frischen Kaffee aufgesetzt, für Ross. Er müßte bald hier sein. Wenn . . . wenn er kommt, Paul, wollen wir ihm sagen, daß wir genug haben.

Schluß, fertig, erledigt, wir haben die Nase voll von dem ganzen Dreck.«
Ich erriet ihre Gedanken noch immer nicht. »Warum?« fragte ich.
»Das ist eine alberne Frage. Oder . . . oder war das heute nacht nur eine entspannende Sauforgie mit einer bereitwilligen Kumpanin, genaue Identität unwichtig?«
Es gab keinen Zweifel darüber, was sie jetzt meinte. Ich konnte noch gar nicht glauben, daß ihre Gedanken den meinen so ähnlich waren. Ich scherzte: »Wie war das mit all den netten, schüchternen viktorianischen Jungfrauen, die warteten, bis der Mann um ihre Hand anhielt?«
»Die endeten alle als alte Jungfrauen, tranken heimlich Sherry und weinten ihre Taschentücher naß in Erinnerung an die gutaussehenden Herren, die sie verlassen hatten.« Sie machte eine Pause. »Wolltest du mich denn bitten?«
Ich nickte. »Aber sehen wir die Sache vernünftig an, Gnädigste. Du hast erst vor kurzem einen Mann mit Blut an den Händen verloren – zumindest hatte er sich mit solchen Leuten eingelassen. Willst du dir jetzt wirklich wieder so einen einhandeln?«
»Du vergißt, daß ich selbst auch keine sauberen Hände habe«, sagte sie ruhig. »Nach der vergangenen Nacht habe ich kaum das Recht, kritisch zu sein, oder?«
»Du bist mir ein keckes Weibsstück! Zuerst vergewaltigst du mich und dann schiebst du mir einen Ring auf den Finger – ich nehme an, wir reden von Ringen und dergleichen. Schließlich scheinst du auch bereit zu sein, aus mir einen anständigen Menschen zu machen, aber was wird aus dem großen Rachekreuzzug?«
»Ich habe alles, was ich an Rache brauche, bekommen. Eine von ihnen hab' ich sogar erschossen. Aug' um Auge, Leben um Leben, und es war gar nicht so angenehm, als ich es tat, nicht gut genug, daß ich daraus eine Gewohnheit machen möchte. Soweit es mich betrifft, kann Roger nun in Frieden ruhen. Was meine Bürgerpflicht anlangt, habe ich meinen Beitrag zur Auflösung dieser Bande geleistet. Wenn Ross und seine Leute von da nicht weiterkommen, ist das ihr Problem. Sie werden dafür bezahlt. Ich nicht.«
»Aber ich«, sagte ich. »Zumindest nehm ich das an, obwohl ich keinen Gehaltsscheck herumliegen sah.«
»Es gibt Leute, die ihre Jobs aufgeben, sogar Regierungsjobs«, sagte sie leise. Als ich nicht antwortete, fuhr sie schnell fort: »Ich mache das nicht zu einer Bedingung. Ich würde nie einen Mann zu erpressen

versuchen . . . einen Mann, den ich achte, damit er eine Laufbahn aufgibt, die ihm viel bedeutet. Aber ist das der Fall, Liebster? Kannst du nicht den geheimnisvollen, unerfreulichen Mr. Helm vergessen? Bleib Paul Madden. Mach gute Fotos. Heirate das Mädchen . . .«
Es klopfte an der Küchentür. Nach kurzer Pause kam das bestimmte Klopfen wieder.
»Ach, verdammt, laß die verflixte Rothaut ein, während ich den Tisch abräume«, sagte Kitty.

SECHZEHNTES KAPITEL

»Ich war von Anfang an dagegen«, sagte Ross. »Ich muß Ihnen offen sagen, ich habe mich auch sehr bemüht, es zu verhindern.«
»Damit wollen Sie in Wirklichkeit sagen«, übersetzte ich, »daß Sie von Anfang an gegen mich waren und versuchten, mich zu hindern – woran?«
Ross wollte antworten, hielt jedoch inne, als Kitty eintrat, mit einem Tablett, auf dem drei saubere Tassen, eine Kaffeekanne und das übliche Zubehör standen. Wir warteten, während sie den dampfenden Kaffee eingoß, uns Milch und Zucker anbot und neben mir Platz nahm.
Ich sagte: »Sie meinten also, Sie waren von Anfang an dagegen, mich einzusetzen, Mr. Ross. Warum?«
Nach kurzem Zögern erwiderte er lebhaft: »Am besten, wir legen die Karten offen auf den Tisch, nicht wahr? Sie erinnern sich nicht daran, aber Sie waren schon früher in Kanada, zweimal, soweit uns offiziell bekannt ist. Es war meine Aufgabe, bei einem Ihrer Besuche, dem letzten, vor sechs oder sieben Jahren, nach Ihnen sauberzumachen.«
»Ich erinnere mich nicht. Erzählen Sie!«
Er trank einen Schluck Kaffee. »Es gab da ein Küstenprojekt zwischen Kanada und den USA«, sagte er, »die Einzelheiten sind unwichtig. Wir brauchten einen großgewachsenen Mann, um einen Kurier auf der anderen Seite zu verkörpern, der tot aufgefunden worden war. Sie wurden, durch Computer, glaube ich, ausgewählt – natürlich alles unter strengster Geheimhaltung. Ich spreche nur für mich selbst, aber an einem Ort allein wurde ich mit nicht weniger als drei gewaltsam getöteten Menschen konfrontiert, für die plausible Erklärungen er-

forderlich waren. Als nun vorgeschlagen wurde, wir sollten Ihre Dienste wieder verwenden, lautete mein Gegenvorschlag, daß wir mit der Pest besser dran wären.«
»Aber Sie konnten keine geeigneten Viren finden?«
Er zog die Schultern hoch. »Sie waren verfügbar, hier im Nordwesten; ein geschulter Agent, bereits am Ort, mit einwandfreiem Deckmantel. Das ist ein Zufall, der für mich noch immer nicht zufriedenstellend geklärt wurde, aber meine Vorgesetzten weigerten sich, dem geschenkten Gaul ins Maul zu schauen, wie man sagt. Ich wurde beordert, mit Ihnen zusammenzuarbeiten. Das tat ich, so gut ich konnte, auch wenn ich dabei wieder eines Ihrer Ein-Mann-Massaker verschleiern mußte. Wenn Sie die heutigen Morgenzeitungen von Vancouver lesen, werden Sie erfahren, daß gestern nacht ein unglücklicher Schizophrener in einer hiesigen Heilanstalt Amok lief. Sehr tragisch. Wir wollen hoffen, die Presse stößt nicht auf die Tatsache, daß unser als mörderisch vorgesehener Patient gar nicht existierte.«
Kitty sagte sofort: »Sie sind nicht fair. Es war kein Ein-Mann-Massaker. Ich . . . ich war für ein Viertel davon verantwortlich, und ich entschuldige mich dafür nicht, Mr. Ross.«
»Laß das, Kitty«, sagte ich. »Mr. Ross und ich haben bloß unsere Beziehungen ein wenig klargelegt. Wir wissen nun, daß er mich für einen mörderischen Raufbold hält; und ich möchte einflechten, daß ich ihn für einen sentimentalen Dummkopf halte. Nachdem wir so die Basis unserer gegenseitigen Achtung und Zusammenarbeit geklärt haben, können wir zum Geschäft übergehen. Sagen Sie mir, was hat diese PPP, die Volksprotestpartei, denn wirklich vor?«
Er lachte kurz. »Das scheint mir eine ziemlich richtige Zusammenfassung zu sein. Was die PPP anlangt, wissen wir eigentlich noch nicht genau, was sie wollen. Vermutlich bemühen sie sich vorläufig nur, unsere Aufmerksamkeit zu erregen. Die politischen Forderungen werden später kommen.«
»Ich bin nicht sicher, ob sie wissen, was sie wollen«, sagte Kitty. »Ich meine, es ist eine unklare, gewalttätige Art von Religion. Von Joan Market gewann ich den Eindruck, daß viele von ihnen nicht genau wissen, wogegen sie protestieren, und ganz sicher nicht, wofür sie eintreten.«
»Ja, das macht sie eben so gefährlich«, sagte Ross. »Palästinensische oder irische Terroristen sind schlimm genug, aber jeder weiß, mehr oder minder, wofür sie kämpfen. Die meisten Durchschnittsmenschen haben kein Interesse am Sterben oder Töten für diese besonde-

ren Fragen. Aber diese mystisch-gewalttätige Protestgruppe mit ihren noch unbestimmten Zielen ist etwas ganz anderes. Sie scheint so ziemlich alle unausgeglichenen Menschen mit einem Haß auf die Gesellschaft anzuziehen sowie einige mehr oder minder wohlmeinende Kämpfer für soziale Gerechtigkeit, wie zum Beispiel Miss Davidsons verstorbenen Mann. Das Unangenehme scheint darin zu liegen, daß es heutzutage gar nicht wenig Leute gibt, die einfach alles in die Luft sprengen wollen. Sie brauchen nur jemand, der ihnen zeigt, wie, und ihnen sagt, das sei das Richtige, was man tun muß.«
Ich fragte: »Wie viele Vorfälle wurden ihnen bisher zur Last gelegt? Die einzigen unzweifelhaften, von denen ich gehört oder gelesen habe, sind die letzte Explosion in Tsawwassen, die Sprengung in San Francisco und die Sache in Toronto, bei der Atwell und Market ums Leben kamen. Ich las in den Zeitungen noch von einigen anderen, aber da war man offenbar nicht sicher.«
»Die spekulieren immer«, sagte Ross trocken. »Da die PPP Publizität sucht, war natürlich die offizielle – bei der Presse höchst unbeliebte – Politik, ihnen die Fälle möglichst abzusprechen. Es gab aber bestimmt fünf andere, zusammen also acht. Bis jetzt starben siebenundvierzig Menschen, darunter zwei bekannte Mitglieder der PPP.«
»Und das Hauptquartier der Terroristen war, zumindest bis gestern abend, Inanook?«
Er zögerte. »In gewissem Sinn. Wir fanden versteckte Waffen, und es gibt Beweise, daß die abgelegeneren Teile des Geländes zum Guerillatraining verwendet wurden. Ihr Erlebnis jedoch und die Informationen, die wir von jenen Mitgliedern des Personals erhalten haben, die nicht geflüchtet sind – leider scheint der Wächter, der Ihnen entkam, Zeit gehabt zu haben, eine Anzahl von Schlüsselfiguren zu warnen –, weisen darauf hin, daß die wirklichen administrativen Einrichtungen anderswo zu suchen sind.«
Ich grinste. »Beides können Sie natürlich nicht haben, *amigo*.«
»Wie meinen Sie das?«
»Zuerst meckern Sie, weil ich zu viele Leute umbringe, und dann meckern Sie, weil ich zu wenig umbringe. Ich ließ Frechette, den Wächter, entkommen, statt ihm ein Loch in den Kopf zu verpassen, was ich anscheinend hätte tun sollen.« Er schwieg, und ich fuhr fort: »Haben Sie diesen Fahrer, Gavin Lewis, gefunden?«
»Ja«, sagte Ross, »den haben wir gefunden. Leider war schon jemand vor uns da.«
»Ist er tot?«

»Er saß in seinem Mercedes, und der Großteil seines Kopfes fehlte. Von einer Schrotflinte weggeblasen. Sie können sich vorstellen, wie das aussah.«

»Das scheint darauf hinzudeuten, daß er uns etwas zu erzählen gehabt hätte. Zum Beispiel, an welcher Adresse er regelmäßig den kleinen, dicken Kerl abholte, der sich so für meine Befragung interessierte. John Ovid. Haben Sie über den schon eine Information?«

»Bis jetzt keine.«

»Wie steht es mit dem Zusammenhang zwischen dem Piloten, Herbert Walters, und Emilio Brassaro? Hat jemand herausgefunden, was ein New Yorker Syndikatsboss mit all dem zu tun hat?«

Ross schüttelte den Kopf. »Bis jetzt haben wir nur Vermutungen.«

»Was ist mit Walters? Wurde er drüben im Osten nur als Pilot verwendet oder hatte er auch andere Aufgaben? Ich habe den Eindruck, daß er etwas mehr war als bloß ein Flieger auf Brassaros Lohnliste.«

Ross lachte kurz. »Wesentlich mehr. Er war ein ziemlich unangenehmer Bursche, der ebenso als Fachmann im Umgang mit Feuerwaffen wie mit Flugzeugen galt.«

»Sieht aber nicht so aus, als wäre er ein Mann mit sozialem Bewußtsein, der sich der PPP anschloß, um die Welt zu verändern. Dennoch scheint er all ihre Geheimnisse gekannt zu haben, die Einzelheiten über ihre nächste Aktion inbegriffen, die bald über die Bühne gehen soll. Wissen wir etwas darüber?«

Ross schüttelte den Kopf. »Nichts, es sei denn, Sie erinnern sich an etwas Wichtiges.«

»Tut mir leid, dieser letzte Flug ist noch immer völlig aus meinem Gedächtnis gelöscht, zusammen mit einigen anderen Dingen. Wenn mir etwas einfällt, werde ich Sie benachrichtigen.«

»Ja, das wäre sehr freundlich«, sagte Ross. Er nahm seine Brieftasche und zog eine Karte heraus. »Rufen Sie bitte diese Nummer an. Wenn ich nicht da bin, wird mir die Nachricht übermittelt.«

»Gewiß.« Ich steckte die Karte ein.

»Angesichts Ihres Gedächtnisverlustes waren wir der Meinung, Ihnen dieses Gespräch schuldig zu sein, Mr. Helm. Wir möchten, um Ihret- und unsertwillen, keine Information zurückhalten, die Ihnen helfen könnte, Ihr Gedächtnis wiederzuerlangen. Da wir Sie um Hilfe ersuchten, müssen wir Sie auch wegen der Todesfälle von heute nacht schützen – Sie und Miss Davidson. Wenn es Ihnen aber nichts ausmacht, würden wir gern dieses Terroristenproblem, zumindest von unserer Seite aus, auf unsere eigene sanfte Art behandeln.«

Ich nickte bedächtig und ließ ihn nicht aus den Augen. »Sie haben das natürlich mit Washington besprochen?«
»Ja. Ihr Chef sagte, das sei völlig unsere Sache. Wir hatten einen Agenten mit bestimmten Qualifikationen verlangt, und er war angewiesen worden, einen zur Verfügung zu stellen. Wenn besagter Agent hier nicht länger gebraucht würde, gäbe es für ihn genug andere Arbeit. Er läßt Ihnen sagen, daß Sie sich ein paar Tage frei nehmen können, um sich zu erholen, daß er Sie aber innerhalb einer Woche in Washington erwartet.« Pause. »Wir sagen Ihnen also nicht, Sie sollen die Stadt mit dem Mittagszug verlassen. Das wäre sehr grob und undankbar angesichts der Leiden, die Sie für uns ertragen haben. Es würde uns aber freuen, wenn Sie Ihren Aufenthalt in Kanada möglichst bald beenden könnten. Inzwischen wären wir Ihnen sehr dankbar, wenn Sie sich strikt aus unseren Angelegenheiten heraushielten.«
Ich sah Kitty an und fragte: »Was ist mit ihr?«
»Wir sind ihr für ihre bisherige Hilfe dankbar, aber ihre Deckung ist aufgeflogen«, sagte Ross. »Natürlich werden wir sie nicht zum Verlassen des Landes auffordern. Sie gehört einer etwas anderen Kategorie an, nicht wahr? Aber von nun an hat sie mit diesem Fall absolut nichts mehr zu tun.«
»Wenn wir uns nicht mehr um Ihre Angelegenheiten kümmern, können Sie uns dann garantieren, daß Ihre Angelegenheiten sich auch nicht mehr um uns kümmern werden?«
»Ach, ich verstehe, was Sie meinen. Ich werde natürlich die erforderlichen Schritte unternehmen und dafür sorgen.«
Ich sagte: »In Ordnung, dann sind wir einverstanden.«
Ross räusperte sich. »Also dann . . . Danke für den Kaffee, Miss Davidson. Ich finde schon den Weg hinaus.«
Sie stand auf. »Ich bringe Sie zur Tür.«
Wir gingen alle in die Küche, schweigend, ein wenig verlegen. Mit der Hand am Türknopf wandte sich Ross um. »Mr. Helm —«
Ich lächelte. »Keine Sorge, *amigo*. Die Warnung ist unnötig.«
»Was —«
»Sie sind beunruhigt, weil es zu leicht war«, sagte ich. »Sie hatten erwartet, ich würde mich mit Händen und Füßen wehren, und nun machen Sie sich Sorgen. Das alte Argwohnsyndrom des Polizisten. Ich werde es Ihnen lieber erklären, Ross. Nervöse Leute mit offiziellen Beziehungen machen auch mich nervös. Ich kann Ihnen sagen, daß Kitty und ich vor Ihrem Kommen die Sache besprochen haben. Ich

scheine tatsächlich eine Menge schlechter Erinnerungen verloren zu haben. Wir sprachen über die Möglichkeit, sie gemeinsam durch, sagen wir, ausschließlich gute zu ersetzen. Ich hoffe, Sie haben mich verstanden. Natürlich muß ich das noch mit Washington ins reine bringen. Ich habe offensichtlich so lange mit dem Mann gearbeitet, daß ich, wenn er mich für etwas Bestimmtes braucht, Gedächtnis oder nicht, ihn nicht ohne Benachrichtigung plötzlich im Stich lassen kann. Doch soweit es Sie anlangt, Sie brauchen sich meinethalben keinerlei Sorgen zu machen. Okay?«
Ross blickte uns einen Augenblick an. »Ich verstehe. Meine besten Glückwünsche, Mr. Helm, und alles Gute für Sie beide.«
Er warf Kitty einen letzten Blick zu, als er hinausging. Ich hatte ein merkwürdiges Gefühl in der Kehle, als ich sie ansah. Sie war wirklich ein verdammt hübsches Mädchen. Wahrscheinlich war es das, was man Liebe nannte. Kitty betrachtete mich ernst, mit fragenden Augen.
Ich sagte: »Er glaubt, daß du einen schrecklichen Fehler begehst. Er findet, du bist viel zu gut für einen so gräßlichen Kerl wie mich. Und er hat recht.«
Der fragende Ausdruck verschwand. Sie lachte leise und kam in meine Arme.

SIEBZEHNTES KAPITEL

Es war eine Telefonzelle in einem belebten Warenhaus im Westen von Vancouver, einer Filiale eines größeren Hauses in der Innenstadt namens Eaton's. Ich hatte den Großteil des Tages damit verbracht, mich rein logisch mit den Dingen auseinanderzusetzen, da ich mich ihrer nicht erinnern konnte, während Kitty, das kluge Mädchen, mir aus dem Weg ging. Schließlich lieh ich mir Kittys Wagen, einen flotten kleinen Toyota, und fuhr allein eine längere Strecke an der Küste entlang. Ich wollte wissen, ob sie jemand zu meiner Bewachung abkommandiert hatten – was der Fall war –, wahrscheinlich hoffte ich aber auch, daß der Anblick des Meeres, der Felsen und der Nadelbäume in meinem verstockten Gedächtnis etwas auslösen würde. Kein Erfolg. Nun lauschte ich dem Klingeln des Telefons auf der anderen Seite des Kontinents. Das Klingeln brach ab. Ich hörte Macs Stimme.
»Ja?«

»Hier Eric.« Ich bemerkte, daß ich den Kodenamen benutzte, den er zu Beginn unseres früheren Telefongesprächs erwähnt hatte.
»Ich hoffe, Sie fühlen sich wohl im Ruhestand, Eric.«
Ich würde ihm also die Nachricht zumindest nicht selbst mitteilen müssen. »Fixer Junge, dieser Ross«, sagte ich, »der schnellste Telefonierer des Westens. Er hat übrigens einen Beschatter als Schutz auf mich angesetzt, bis zu meiner Abreise, und ich nehme nicht an, daß dem Burschen irgendeine Information entgeht, die er aufschnappen kann. Dieses öffentliche Telefon müßte aber vor ihm sicher sein, wenn's drauf ankommt. Haben Sie Ross tatsächlich gesagt, er soll mich nach Washington zurückschicken, wenn er mich hier nicht haben will? Das hat er nämlich behauptet.«
»Diese Behauptung trifft zu.«
Ich sagte ohne besondere Betonung: »Ich dachte, das sollte ein internationaler Einsatz sein. Wieso lassen Sie uns von diesen lausigen Kanadiern so herumschubsen, Sir?« Als er nichts erwiderte, fuhr ich fort: »Oder wäre es möglich, daß Sie froh sind, mich hier loszuwerden, weil meine eigentliche Mission – obwohl ich deswegen für einen Sonderbewachungsdienst eingesetzt wurde, weil ich an Ort und Stelle war – in Wirklichkeit zu Ende ist?«
Noch einige Sekunden länger kam keine Antwort. Endlich sagte die ruhige, fünftausend Kilometer entfernte Stimme: »Vielleicht. Aber wir haben keine Bestätigung, oder?«
»Sie meinen, daß Walter Christofferson, oder besser Herbert Walters, jeden Tag mit einem Fallschirm über der Schulter anspaziert kommen kann?«
»Gedächtnisverlust, Eric?« fragte Mac leise.
»Ich habe zwar mein Gedächtnis verloren, Sir«, sagte ich, »aber nicht meinen gesunden Menschenverstand. Die Tatsache, daß Sie mich jetzt heimkommen lassen wollen, weist meiner Meinung nach darauf hin, daß ich tatsächlich mehr oder minder das erreicht habe, wozu ich hergeschickt wurde. Was also habe ich fertiggebracht, außer mir einen Knacks im Kopf zu holen? Ist doch ganz klar, oder? Meine einzige sonstige verbürgte Leistung, zumindest bis gestern abend, als ich die Dinge drüben im *Inanook* mit Kittys Hilfe einigermaßen durcheinanderbrachte, besteht darin, daß ich einen gewissen Buschpiloten mit einer ganz speziellen Vergangenheit spazierenführte und ihn verlor, vorübergehend oder für immer, das bleibt noch abzuwarten.« Ich machte eine Pause. Als keine Antwort kam, sagte ich: »Und der Beweggrund hinter der Beseitigung, Sir, hatte, zumindest anfangs, mit

Terrorismus oder der PPP gar nichts zu tun.«
Da kam eine Reaktion. »Ich möchte den Gedankengang hören, der zu dieser Schlußfolgerung führte.«
»Sie sagten mir doch gestern abend, daß die Agentin, mit der ich ursprünglich arbeitete, Sally Wong, ihre Weisungen von anderer Seite erhielt, und ich hatte entschieden den Eindruck, sie meinten damit Mr. Ross und seine kanadischen Mitarbeiter. Und dann war da noch diese überaus sorgfältige Tarnung als Fotograf, die ich erhielt.«
»Ihre Deckung war völlig in Ordnung«, sagte Mac schnell, »bis ich beschloß, sie aus strategischen Gründen aufzugeben.«
Da hatte ich seinen Berufsstolz getroffen. Ich grinste die Wand der Telefonzelle an. War doch nett, ihn zur Abwechslung dabei zu ertappen, wie er ein wenig menschlich reagierte.
»Durchaus, Sir«, stimmte ich zu, »mein Deckmantel war luftdicht, wasserdicht, kugelsicher und nicht magnetisch. Völlig undurchdringlich: Das ist es ja eben.« Nun, zwei Ärzte hatten das Spiel zumindest teilweise durchschaut, aber das wollte ich nicht erwähnen.
»Erklären Sie das, bitte«, sagte Mac.
»Er war allzu verdammt gut, viel besser, als er zu sein brauchte. Sie hatten dafür gesorgt, daß ich, was immer auch geschah, nicht als Regierungsagent entlarvt würde. Sie hatten sogar die offiziellen Computer umprogrammiert, damit sie als Antwort auf Helm-Stimuli Madden-Angaben ausspuckten. Und all das wegen einer Handvoll von Dynamitidioten, die wahrscheinlich gar nicht mal wüßten, wie man aus Washington eine Information rauskriegt, die nicht im Telefonbuch steht? Das war doch unsinnig, Sir.«
»Zu welchem Schluß sind Sie gelangt?«
»Es gab nur eine mögliche Antwort, Sir: daß Sie oder derjenige, von dem Sie Ihre Instruktionen erhalten, etwas vorhatte, wofür wir uns alle ein wenig schämten. Es wurden strenge Vorsichtsmaßregeln getroffen, um dafür zu sorgen, daß es weder unter vorstellbaren noch unter unvorstellbaren Umständen zu einem Rückschlag kommen konnte. Was also könnten wir einer Bande mörderischer Bombennarren antun, wofür wir uns schämen müßten, wenn die Geschichte rauskam? Ich meine, abgesehen von Folterung und Verstümmelung? Wenn es meine ursprüngliche Aufgabe hier gewesen wäre, mit der PPP scharf ins Zeug zu gehen, wäre mein sorgfältig aufgebauter Lebenslauf die reinste Zeitverschwendung gewesen. Solange die Bombenanschläge verhindert werden, kümmert sich das allgemeine Publikum keinen Deut darum, welche Methoden verwendet werden.«

»Wie Sie sagen«, meinte Mac vorsichtig, »scheint mit Ihrem gesunden Menschenverstand, vom Gedächtnis abgesehen, alles in Ordnung zu sein. Weiter.«

»Terroristen ängstigen die Leute«, sagte ich. »Aus Angst vor dem Terrorismus sind sie bereit, Ausnahmen zu akzeptieren. Sie werden Unternehmungen entschuldigen – die sie wegen Watergate sonst nie billigen würden –, wenn sie im Zuge offizieller Nachforschungen oder im Namen des Gesetzes durchgeführt werden. Angenommen jedoch, die Öffentlichkeit erführe, daß eine gewisse Polizeibehörde der USA sich von einer in enger Verbindung mit dem Geheimdienst stehenden Behörde einen Agenten ausgeborgt hat, um kaltblütig und brutal einen Mann zu ermorden, wegen dem sie keine Beweise gegen seinen Chef zusammenkriegen . . . Sie sagten doch, Brassaro sei im Importgeschäft, im Klartext Rauschgifthandel, tätig, oder?«

»Stimmt.«

»Was ist geschehen?« fragte ich. »Hat jemand übereilte Schlüsse gezogen, als Emilio seinen Spitzenmann herschickte, um den Buschpiloten zu spielen? Haben sie sich ausgerechnet, daß er, nicht zufrieden mit seinen üblichen karibischen Lieferwegen, eine neue Versorgungslinie über die pazifische Küste und Kanada aufbauen wollte? Und kamen sie dann zu dem Entschluß, daß der beste Weg, das neue Projekt zu stoppen, die Beseitigung von Christofferson selbst wäre, was den zusätzlichen Vorteil hatte, den Burschen endgültig aus dem Verkehr zu ziehen? Und wenn es so war, wer zum Teufel sind wir, daß wir für einen Haufen Pot-Bullen Mordaufträge ausführen? Ist das unsere reguläre Arbeit, Sir?«

»Nicht Pot, Eric«, sagte Mac sanft. »Das Syndikat, um den populären Namen zu gebrauchen, hat sich für Marihuana nie sehr interessiert; die Konkurrenz von Amateuren ist zu groß, und das Produkt ist zu sperrig. Wo es um Drogen geht, scheinen die Beteiligten den Blick für das richtige Verhältnis zu verlieren. Man kann mit diesen Kreuzfahrern vom Rauschgiftdezernat nicht streiten; und es gibt nichts Gefährlicheres als einen frustrierten Kreuzfahrer. Ihr Versuch, Brassaro vor Gericht zu bringen, war ein völliger Mißerfolg. Jedesmal wenn ein Untersuchungsbeamter oder ein Denunziant wirkliche Beweise zu versprechen schien, verschwand er entweder oder wurde tot aufgefunden, oder aber er kam zu dem Schluß, daß er sich geirrt hatte und schließlich doch keine nützliche Information besaß. Dann wurde Christofferson nach dem Westen geschickt, und da begannen die Beamten Fortschritte zu machen. Die Schutzorganisation hatte ohne ihn

bei weitem nicht so gut funktioniert; offenbar war er der Schlüsselmann. Dazu kam die Gefahr einer Flut von Rauschgiften aus einer anderen Richtung . . . Wie Sie erraten haben, kamen sie zu uns.«
Ich sagte wütend: »Ich will nicht kritisieren, Sir, aber ich redete mir ein, unsere Abteilung habe etwas mit der nationalen Sicherheit zu tun. Ich bin nicht gerade besonders glücklich darüber, eine Gehirnerschütterung erlitten und mein Gedächtnis verloren zu haben, nur um einem Haufen von Rauschgiftbeamten, selbst wenn sie so hübsch sind wie Miss Wong, das Leben leichter zu machen –«
Ich brach ab. Er lachte. Ich konnte mich zwar an nichts erinnern, das in Zusammenhang mit ihm stand, es schien aber, daß das umgekehrt keineswegs der Fall war.
»Was finden Sie so komisch, Sir?« fragte ich.
»Diese Rede höre ich jetzt zum zweitenmal, Eric«, sagte er. »Sie verwendeten praktisch dieselben Worte, als ich Ihnen den Auftrag zum erstenmal beschrieb.«
»Was sagten Sie, um meine Ansicht zu ändern?«
»Ich nannte einen Kodenamen. Norma.«
»Wer ist Norma?«
»Ihre Zeitform ist falsch. Norma *war* eine von unseren Leuten. Sie kannten sie recht gut. Doch natürlich leistet unsere Organisation persönlicher Rache keinen Vorschub, und als Norma in Südamerika starb, weil ein schießwütiger Rauschgiftkäufer der Ansicht war, ihre Aufgabe könnte seine Profite beeinträchtigen, trugen wir den Namen des Mannes in eine bestimmte Akte ein, wir wollen sie die Gelegenheitsakte nennen. Normalerweise erlauben wir uns keinerlei Vergeltung, verstehen Sie. Wenn jemand in Erfüllung seiner Pflicht von einem legitimen Gegner getötet wird, gehört das alles zur täglichen Arbeit. Wir versuchen jedoch, als Selbsterhaltungsmaßnahme, vereinzelte Meuchelmörder davon abzuschrecken, sich an unseren Leuten zu vergreifen. Wir verfolgen sie, außer in besonderen Fällen, dennoch nicht auf eigene Initiative, aber wenn sich uns die Gelegenheit bietet, können wir zum Beispiel einen Auftrag annehmen, den wir sonst abgelehnt hätten. Deshalb nannte ich das die Gelegenheitsakte.«
»Norma«, sagte ich nachdenklich. »Sagt mir nichts. Wie gut kannte ich sie?«
»Sie haben bei zwei verschiedenen Einsätzen in Mexiko mit ihr gearbeitet«, sagte Mac. »Nach dem letzten verbrachten Sie dort einen Urlaub mit ihr. Ihr wirklicher Name war Virginia Dominguez, wenn Ihnen das hilft.«

Ich schüttelte den Kopf, dann fiel mir ein, daß er mich nicht sehen konnte. »Hilft mir auch nicht«, sagte ich. »Sie wollen damit sagen, daß Christofferson Norma tötete, um bei einer seiner Rauschgiftlieferungen für Brassaro freie Bahn zu haben. Deshalb waren wir einverstanden, Sally Wongs Leuten zu helfen, und schalteten ihn aus. Damit die Burschen vom Syndikat wissen, daß es klüger ist, in den Rinnstein hinunterzutreten, wenn sie einen unserer Leute auf dem Gehsteig sehen, oder?«

»Oder wie ich einmal sagte, Eric, sie müssen lernen, nicht an der Kreissäge herumzufummeln, wenn die gerade Holz schneidet.«

»Natürlich. Aber nach all dem Seelenforschen erfuhren wir schließlich, daß Christofferson, oder Walters, gar nicht wegen des Rauschgifts dort draußen war. Sally Wong sah ihn mit der bösen Witwe, Joan Market, und brachte ihn so mit den Terroristen der PPP in Zusammenhang. Inzwischen hatte ich Weisung erhalten, meine romantische Aufmerksamkeit von einem Mädchen auf ein anderes zu übertragen; doch schließlich, nehme ich an, bekam ich grünes Licht für Walters – jemand war der Ansicht, wir wüßten alles Nötige über den Burschen, und es sei Zeit für ihn, abzutreten. Kitty war wieder geschäftlich im Osten, und ich konnte mich um Walters kümmern, bevor sie zurückkam. Nur war er ein wenig tüchtiger, als wir erwartet hatten, oder ich war ein bißchen weniger tüchtig. Ich kam schließlich ins Krankenhaus. Er ist aber noch immer nicht aufgetaucht, also gelang es mir vielleicht doch, einen gewissen Erfolg zu erzielen.« Ich zögerte. »Unter diesen Umständen ist es bloße Neugier, aber ist es Ihnen gelungen, etwas über die Namen zu erfahren, die ich Ihnen angab? Von Gavin Lewis hab ich bereits gelesen; Ross erzählte mir, er sei tot aufgefunden worden. Wie steht es mit Ovid?«

»John Ovid haben wir gefunden. Er ist ein Fachmann, den Emilio Brassaro von Otto Renfeld, einem Geschäftsfreund in St. Louis, entliehen hat. Ihr rundlicher kleiner Mann heißt Heinrich Glock, bekannt als Heinie die Uhr, vermutlich wegen seines verläßlichen Umgangs mit Waffen.« Mac zögerte. »Übrigens, Mr. Ross berichtet, daß alle Wächter des *Inanook* untergetaucht sind. Er versuchte sie auszuheben, um sie zu verhören, aber kein einziger konnte gefunden werden.«

»Mein Fehler, Sir«, sagte ich. »Frechette, der Mann, der entkam, muß ihnen das Fluchtsignal gegeben haben, sobald er ein Telefon erwischte. Was ist mit Mrs. Market? Etwas von ihr gehört?«

»Gar nichts. Scheint eine sehr schwer faßbare Dame zu sein. Und ich muß Ihnen sagen, daß auch Dr. Caine vermißt wird. Er ist aber erst

vor wenigen Stunden seiner Überwachung entschlüpft, könnte also auf eigene Faust abgehauen sein.«
»Haben wir eine Ahnung, wo sich die anderen verkrochen haben können?«
»Noch nicht.«
»Von wievielen Wächtern sprechen wir überhaupt? Ich konnte mir dort in der Anstalt nie ein klares Bild von ihrer Anzahl machen. Sie kamen und gingen.«
»Im ganzen sind es fünfzehn. Wir wissen nicht genau, wie viele Ersatzleute es derzeit gibt.«
»Ein netter kleiner Einsatztrupp, wenn ihn jemand zu verwenden weiß. Ross erzählte, daß sie auf dem Gelände Guerillatechniken übten. Er habe auch Waffen gefunden, sagte aber nicht, wie viele sie mitgenommen haben oder welcher Art sie waren. Mit welchen Waffen arbeitet eigentlich Ovid so verläßlich?«
Mac sagte ruhig: »Für einen Mann, der sich ins Zivilleben zurückziehen will, stellen Sie ziemlich viele Fragen, Eric.« Ehe ich etwas sagen konnte, fuhr er fort: »Angeblich ist Glock recht vielseitig. Er wurde beim Militär als Scharfschütze geschult. Für den Nahkampf bevorzugt er eine Schrotflinte, Kaliber 12. Womöglich Schrot Nummer eins; Lewis, dem Chauffeur, schoß er mit einer solchen Ladung den Kopf weg. Ich kann Ihre Neugier aber mit einer weiteren Information reizen. Wir erhielten vor kurzem einen sehr interessanten Bericht über die von der PPP verwendeten Sprengvorrichtungen oder vielmehr über die zu deren Zündung benutzten Methoden.«
»Interessant?« sagte ich. »Das einzige, was mich im Zusammenhang mit Sprengzündern interessieren würde, wäre zu erfahren, daß sie gar keinen Zeitzünder verwenden. Das würde ich faszinierend finden.«
»Sehr gut, Eric«, sagte Mac leise.
»Sagen Sie mir's nicht. Lassen Sie mich raten. Eine Fernsteuerung?«
»Das wurde uns gesagt. Sie verstehen natürlich, was das bedeutet.«
Ich sagte: »Diese PPP-Burschen sind also noch verrückter, als ich dachte. Anstatt einen Zeitzünder zu verwenden, bei dem sie sich nach Präparieren der Bombe in Sicherheit bringen können, benützen sie eine Funkvorrichtung, die ihr Verbleiben auf Feuerdistanz erfordert, wie groß sie auch sein mag. Verrückt!« Ich wollte noch etwas fragen, sagte aber statt dessen argwöhnisch: »Für einen Mann, der im Begriff steht, meinen Rücktritt entgegenzunehmen, Sir, geben Sie mir eine Menge sehr vertraulicher Informationen. Ich nehme zumin-

dest nicht an, daß das in der Presse veröffentlicht wurde.«
Nach einer kleinen Pause sagte Mac: »Genaugenommen tritt niemand aus dieser Dienststelle aus, Eric. Das gehört offensichtlich zu den Dingen, die Sie vergessen haben.«
»Ich verstehe«, erklärte ich. Das schien ich ungehindert sagen zu können, obwohl es nicht ganz stimmte.
»Sie können aber«, meinte er, »in ein nichtaktives Dienstverhältnis versetzt werden. Mir wäre das allerdings nicht sehr recht, deshalb habe ich Ihre Fragen auch beantwortet und noch einige Fakten hinzugefügt, von denen ich annahm, Sie würden sie interessant finden.«
»Warum wäre es Ihnen lieber, ich würde mich nicht für inaktiv erklären lassen, Sir? Ich habe doch schwere Fehler gemacht, oder? Walters hat mich beinahe erledigt. Soviel wir wissen, könnte es ihm sogar gelungen sein, sich zu retten. Und nun hab' ich es geschafft, von einem befreundeten Nachbarland als unerwünscht betrachtet zu werden. Sie müßten doch froh sein, einen solchen Burschen ziehen zu sehen?«
Längere Pause. »Also gut, Sir, es ist wegen einer Frau.«
»Ach so. Das hat Ross nicht erwähnt. Miss Davidson?«
»Ja. Sie macht es nicht zur Bedingung, würde es aber vorziehen. Das ist mir . . . ziemlich wichtig, Sir. Vor allem seit ich gar nicht sicher bin, ob es nicht auch mir lieber wäre.«
»Ohne Gedächtnis können Sie aber nicht sicher sein, was, Eric?« Als ich nicht antwortete, fuhr er fort: »Es muß ja nicht unbedingt Außendienst sein. Nicht daß ich diesbezüglich irgendwelche Zweifel hätte; wir wissen vielleicht nicht, was Sie mit Walters erreicht haben, aber wir wissen, daß Ihre Leistung in *Inanook*, ungeachtet dessen, was Mr. Ross sagen mag, völlig befriedigend war. Sollte es die Dame aber vorziehen, daß Sie mehr Zeit zu Hause verbringen, und nichts dagegen haben, daß Sie in Washington leben . . . Diese Dienststelle läßt sich von einem einzigen Mann nicht mehr leicht führen. Ich suche jemanden, mit dem ich die Verantwortung teilen kann, am liebsten jemanden, der schon sehr lange bei uns ist. Wie Sie!«
Das war erstaunlich und schmeichelhaft, kam aber ein wenig ungelegen.
»Sie bringen mich in Verlegenheit, Sir«, sagte ich.
»Hoffentlich. Vielleicht wollen Sie die Dame fragen.«
»Nein. Ich weiß, was sie antwortet; sie hat genug von dem aufregenden Leben als Spitzel. Sie will raus.«
»Und Sie, Eric?«
»Ich auch.«

»Also gut!« Seine Stimme war ausdruckslos. »Ich will Sie nur daran erinnern, daß die Entscheidung auf meiner Seite nicht unwiderruflich ist. Inzwischen wird Ihr Ansuchen um den nichtaktiven Status bewilligt werden, falls Sie es stellen.«
Ich stellte es.

ACHTZEHNTES KAPITEL

Draußen war es Nacht. Der Nebel setzte den Lampen des Parkplatzes Heiligenscheine auf, und es nieselte. Ich fuhr an und sah dabei, daß Ross' Mann in einem unterernährt wirkenden japanischen Kombi saß. Wie angenehm würde es sein, wenn ich nicht mehr ständig den Rückspiegel beobachten müßte, um zu sehen, ob mich jemand verfolgte. Ich war fest entschlossen. Ich würde es versuchen! Es war Zeit für einen Wechsel, für eine regelmäßige, geordnete Welt, in der man dem Kunden pünktlich die gemachten Fotos ablieferte und dann nach Hause fuhr, wo die Martinis und das Abendessen bereitstanden.
Tatsächlich, das Abendessen stand bereit. Aus dem Backrohr drang der Duft von Roastbeef, als ich durch die Küchentür trat. Die Martinis waren noch nicht gemixt, aber Gin, Wermut und Scotch standen auf der Anrichte, sowie ein kleines Glas mit Oliven, ein Krug und die dazu passenden Gläser. Ich ging ins Nebenzimmer, sah Kerzen auf dem Tisch am Fenster, der für zwei Personen gedeckt war. Ihre Absicht war klar: nach unserem unrühmlichen Ringkampf auf dem Fußboden wollte sie mir zeigen, daß es liebenswürdigere und angenehmere Methoden zur Erreichung des gleichen Zieles gab.
»Kitty!« rief ich und erwartete eine Antwort aus dem Schlafzimmer. Es kam keine.
Ich blieb einen Moment im Wohnzimmereingang stehen. Dann machte ich einen Schritt vorwärts, und da traf ein merkwürdiges Glänzen mein Auge. Es kam von einer der Fensterscheiben. Instinktiv trat ich rasch zurück und griff nach einer Waffe, die ich nicht bei mir hatte. Vorsichtig schlich ich am Rand des Zimmers zur Eßnische, ich fühlte mich nackt und verwundbar und plötzlich sehr geängstigt, aber nicht meinetwegen. Ich hielt mich außer Reichweite des Fensters, bis ich es aus sicherem Winkel deutlich sehen konnte: die kleine, von Strahlen umgebene Einschußöffnung in dem dunklen, regenfeuchten Glas.

Endlich blickte ich zu Boden. Ich wußte, was ich sehen würde, und sie lag natürlich dort. Die Ein-Schuß-Kerle schießen nicht daneben. Es war kein sofortiger Schock. Mein Gehirn begann kalt zu arbeiten. Offensichtlich hatte er sie getroffen, als sie ans Fenster trat, um die Gardinen zuzuziehen. Ein Gewehr, Kaliber 30, schätzte ich, abgefeuert vom Autobahndamm weiter oben auf der Straße. Wahrscheinlich hatten sie einen Lieferwagen verwendet, den sie dort drüben an den Rand gefahren hatten, indem sie eine Motor- oder Reifenpanne vortäuschten. Dann hatte sich der kleine, rundliche Mann, der verläßlich war wie eine Uhr, gemütlich vorne hingesetzt und die Waffe auf das geöffnete Fenster gestützt. Entfernung etwa zweihundert Meter.

Ovid hatte nichts riskiert. Er war ein Profi. Er hatte nicht gefeuert, während sie sich um den Tisch bewegte und ihn deckte. Er wußte, sie würde ans Fenster kommen, sobald es dunkel wurde, und ihm ein tadelloses Ziel bieten, und das hatte sie getan. Ich erinnerte mich, wie ich einmal im mittelamerikanischen Urwald gewartet hatte; darauf gewartet, daß meine erhoffte Beute ins Freie trat und völlig still stand, denn man schießt auf fünfhundert Meter Entfernung nicht auf bewegte Ziele. Ich erinnerte mich . . . Erinnerte mich?

Plötzlich ereigneten sich unglaubliche Dinge in meinem Kopf. Ich stand dort und blickte nieder auf den schlanken Körper in dem langen Hauskleid – ein bißchen unordentlich, wie sie halb verdeckt durch das Tischtuch dort lag. Ich sah die kleinen rosa Pantoffeln und das kleine, blasse Gesicht und das Blut, aber ich war nicht wirklich dort. Ich war an hundert anderen Plätzen. Sie kamen und gingen: die Plätze und die Menschen. Es fehlte nichts, aber es ging zu schnell, als daß ich alles genau hätte betrachten können, wie ein von einem Idioten geschnittener und von einem Irrsinnigen vorgeführter Film. Ich erinnerte mich . . .

Der Film riß. Von draußen ertönte ein dumpfes, scharfes Geräusch. »Ja!« sagte ich laut, »die hören mit ihr nicht auf; die wollen dich auch!« Ich wußte genau, was das Geräusch bedeutete: Mein Leibwächter hatte diese Erde verlassen. Vielleicht war er einfach erschossen worden; vielleicht war es ihm gelungen, selbst einen hoffnungslosen Schuß abzugeben – als Warnung für mich? –, vermutlich als er sich über die Leiche seines Kollegen beugte, des Mannes, den Ross zum Schutz des Hauses dagelassen hatte und der zweifellos erledigt worden war, bevor der Heckenschütze sich postierte Ich wußte das so sicher, als ob noch ein Toter direkt vor meine Füße gelegt worden wäre. Nun hatten sie es auf mich abgesehen. Nicht Ovid. Der war ein Profi.

Sicher hatten sie gewollt, er solle mich aufs Korn nehmen, sobald ich in die Wohnung zurückkam, und er hatte sich geweigert. Er, Ovid, hatte seinen Teil besorgt. Der Rest war Sache der früheren *Inanook*-Wächter. Fünfzehn Mann, hatte Mac gesagt, und eine Frau, falls sie sich an so etwas beteiligte . . .
War es Instinkt, war es Erfahrung, die Erfahrung, die soeben auf ziemlich wirre Art wiederkehrte – ich wußte, sie lauerten draußen. Ich wußte, sie würden hereinkommen. Es fiel mir nicht ein, die Flucht über die Feuerleiter auf der Schlafzimmerseite des Hauses zu versuchen. Erstens würden sie sie im Schußfeld haben, und zweitens hatte ich keine Lust zu laufen. Ich blickte kurz nach unten, man kann es einen Abschiedsblick nennen, und ging ihnen entgegen.
Sie warteten auf der Außentreppe, als ich die Messer aus dem Regal nahm: die zwei großen Küchenmesser, die mir aufgefallen waren, als ich das erstemal durchgegangen war. Beide hatten böse, gefährlich scharfe Klingen, für Gemüse die reinste Vergeudung. Jetzt waren sie an der Tür und traten sie mit den Füßen ein. Zwei von ihnen kamen mit geschwungenen Maschinenpistolen herein, mein Gott, wie im Film! Die nahmen ihre Protestbewegung wirklich ernst.
Ich erkannte den vordersten; den hatte ich schon in Uniform im *Inanook* gesehen, als er die Außenrunden machte. Ich warf als erstes das größere Messer. Es war zu wenig Platz, um ihm auf so kurze Entfernung einen Drall zu verleihen. Es flog wie eine Speerspitze ohne Schaft und bohrte sich bis ans Heft in seine Brust. Die Maschinenpistole fiel klappernd zu Boden. Während der Mann seitlich zusammenbrach, warf ich das zweite Messer. Es traf den zweiten Mann in die Kehle, etwas höher als ich beabsichtigte, weshalb sollte ich das nicht zugeben? Es sah sehr gut aus, sehr eindrucksvoll, sehr berechnet.
Dann warf ich mich auf die Maschinenpistole. Damit konnte ich die Kerle wie Dreck aus dem Türeingang und von der Treppe fegen. Ich packte die Waffe und drehte sie herum, um zu feuern. Da krachte ein Pistolenschuß los, der Raum schien zu explodieren und wurde dunkel. Ich entschwand, aber nicht ganz. Ich hörte, wie sie meinetwegen stritten.
Einer wollte mich töten oder ganz töten. Das schien mir recht vernünftig, von seinem Standpunkt aus. Ich hatte seine Stimme schon gehört, konnte mich aber nicht erinnern, wo. Eine Frau sagte nein. Ihre Stimme erkannte ich nicht. Sie verwendete einige sehr undamenhafte Ausdrücke.

Bisher hatte ich fünf von ihnen erledigt und war stolz darauf. Ich würde, verdammt noch mal, noch einige mehr erledigen, falls sie mich am Leben ließen – ich würde sie alle erledigen, bis hinunter zu den Frauen und Kindern, den Hunden und Katzen und dem Lieblingskanarienvogel, und das wußte er.
Meine Ansicht war sehr objektiv. Ich war ganz auf seiner Seite, er hatte die besten und fachkundigsten Argumente, aber die Frau siegte.

NEUNZEHNTES KAPITEL

Als ich erwachte, kam auch meine Erinnerung wieder, das war gar nicht so großartig. Natürlich hatte ich gräßliche Kopfschmerzen, die mich daran hinderten, mein neu gefundenes Gedächtnis richtig zu genießen. Der Psychiater im Krankenhaus, Lilienthal, hatte gesagt, daß Amnesie die anderen Leute mehr stört als den Patienten selbst. Sie neigen dazu, ihn als eine seltsame medizinische Kuriosität zu betrachten; er sieht sich als völlig normalen Menschen mit einer geringfügigen Lücke in seiner Erinnerung, mit der er bald zu leben lernt . . .
»Matt.«
Es war eine Frauenstimme, mit einem leichten, verführerischen Akzent. Einen Moment lang stieg eine ungläubige Hoffnung in mir auf; dann wußte ich, es war nicht die Stimme einer bestimmten Frau. Die würde ich nie wieder hören! Es war ein anderer Akzent, nicht kanadisch, sondern ein wenig orientalisch.
»Matt, oder Paul oder wie immer du dich nennst, wach auf, verdammter Kerl! Eric? Komm, wach doch auf! Ich werde verrückt, wenn ich hier mit einem abscheulichen Leichnam eingesperrt bin. Bitte, wach auf!«
Es war nicht gerade ein fernöstlicher Wortschwall, aber das Gesicht, das ich sah und erkannte, als ich die Augen aufschlug, war eindeutig asiatisch.
»Wer . . . Welcher Leichnam?«
»Als man dich hier hereinwarf, war ich sicher, du bist tot!«
»Wo hinein?« Auf den ersten Blick schien es ein düsterer, kalter, leerer Raum zu sein, wie ein Keller, nur erhellt durch eine runde Luke, die einen Teil der Falltür bildete, durch die man von oben Zugang hatte. Zu der Falltür führte eine Eisenleiter. Es waren aber Geräusche von plätscherndem Wasser zu hören und geringe Anzeichen von Be-

wegung zu spüren, welche die Kellertheorie in Zweifel stellten.
»Ich weiß auch nicht, wo«, sagte das Mädchen und beugte sich über mich. »Ich lag auf dem Boden des Wagens, und jemand stützte die ganze Zeit, während wir fuhren, seine Füße auf mich. Wir liegen hier in irgendeinem dreckigen Schleppkahn, der auf einem sehr schlammigen Fluß an einem verfallenen Steg vertäut ist. Draußen herrscht eine ziemlich starke Strömung. Ein hohes, felsiges Ufer. Eine kleine Felseninsel, in der dieser erbärmliche Hafen liegt, oder wie immer du ihn nennen willst. Als sie mich an Bord brachten, trat der Mond einen Moment aus den Wolken hervor. Wir sind im Laderaum. Hinten auf dem Schleppkahn steht eine ziemlich große Kajüte, wirkt wie Eigenbau. Ich sah nur drei Männer, es könnten aber mehr sein. Ich sah auch eine Frau – diese ungewaschene Joan Market mit ihrem bedeutungsvollen Afrokopf, ihrer so zwanglosen Pferdedecke und dem langen, ausgefransten Baumwollrock. Waffen im Überfluß, darunter ein paar ganz böse vollautomatische Dinger. Ende des Lageberichts, Sir. Zu Diensten, Sir. Fragen?«
Ich grinste unter Schmerzen. »Tag, Sally Wong.«
»Mein Lieber, wir sollten aufhören mit dieser Art von Zusammenkünften: ein Krankenhauszimmer, ein schäbiger Schleppkahn. Mir scheint, das war ganz gut, was ich dir im Krankenhaus vorspielte. Ergreifend. Rührend. Erinnerst du dich?«
»Ich erinnere mich«, sagte ich. »Was ist eine Perle?«
»Was?«
»Operation Perle«, sagte ich. »Unserem gemeinsamen Freund, Herbert Walters, diesem großen Flieger zufolge ist das der nächste von der PPP vorgesehene Sprengplan. Sagt dir der Name etwas?«
Sie starrte mich in dem schwachen Licht eine Weile an. »Du meinst also, dir ist alles wieder eingefallen? Du erinnerst dich wirklich . . . Wie kommt das?«
»Ganz einfach. Das nächstemal, wenn du einen armen Kerl triffst, der sein Gedächtnis verloren hat, erschieß einfach das Mädchen, das er heiraten will. Wenn du noch eine Kugel verwendest, um ihm den Schädel ein bißchen anzukratzen, hilft das auch. Es wird ihm alles wieder einfallen. Das garantiere ich dir.«
Sally Wong starrte mich überrascht an. »Du meinst die Davidson? Du wolltest tatsächlich dieses kalte Schneehuhn heiraten, die ihrem Mann nachtrauerte . . . Verzeih, Paul, das rutschte mir nur so raus. Du weißt ja, ich mochte sie nicht, aber ich wollte sie nicht . . .«
»Halt den Mund, Sally Wong«, sagte ich. »Die Dame ist tot, tot, tot.«

»Ich sagte, es tut mir leid.«

»Soviel ich mich entsinne, warst du selbst auch kein so feuriges Schneehuhn. Ich kann mich im Zusammenhang mit uns beiden an nichts erinnern, was erinnerungswert gewesen wäre, außer an einige Monate vornehmer Selbstbeherrschung, eine Tätigkeit, bei der ich mich normalerweise nicht auszeichne. War schon eine verdammt frustrierende Aufgabe für einen vitalen Mann wie mich, insbesondere weil ich nicht dafür geschaffen bin, auf Wohnzimmersofas zu schlafen. Dort scheine ich in den letzten sechs Monaten überall, wo ich hinkam, abgestellt worden zu sein, während die frigide Dame friedlich im Zimmer nebenan schnarchte.«

»Ich schnarche nicht«, sagte Sally ruhig, »und frigide bin ich auch nicht, aber . . . also, du kannst von mir nicht verlangen, daß ich es mit einem Mann ernst meine, der meine Arbeit nicht ernst nimmt.«

»Na schön, und von mir kann man nicht erwarten, daß ich ein Mädchen ernst nehme, das meine Arbeit allzu ernst nimmt.«

Sie lachte. »Offensichtlich ist dein Gedächtnis jetzt völlig in Ordnung, Paul. Wir sind wieder genau dort, wo wir waren – wir streiten wieder.«

»Nenn mich lieber Matt«, sagte ich, »der Deckname hat seinen Zweck erfüllt, und das hier ist kein Ort für einen friedlichen Fotografen namens Madden. Ich heiße Helm, Gnädigste. Und das Thema ist noch immer Operation Perle.« Ich versuchte mich aufzusetzen. Sie half mir. Ich zuckte zusammen und sagte: »Vorsicht, nicht kippen, sonst rinnt das Hirn durch die Spalte aus. Mir scheint, es ist Zeit, daß mir jemand zur Abwechslung einen Tritt in den Hintern versetzt und meinen armen Kopf in Ruhe läßt.«

Ich brauchte eine Weile, bis ich nach der Anstrengung wieder zu Atem kam und sich der klopfende Schmerz milderte. Ich konnte sie jetzt deutlich sehen, wie sie auf ihre ausgefallene chinesische Art neben mir kniete. Sie trug derbe Bluejeans und einen gesteppten blauen Anorak. Beide waren mit fettem rostbraunem Schmutz von den Wänden und dem Fußboden unseres Gefängnisses beschmiert.

»Perle«, sagte ich, »konzentrier dich auf Operation Perle, Sally Wong.«

Sie dachte einen Augenblick nach und schüttelte den Kopf. »Tut mir leid!«

»Was meinst du, wie lang haben wir Zeit zu sprechen? Wie oft kontrollieren sie uns?«

»Anscheinend gibt es keinen festen Stundenplan«, sagte sie. »Ich bin seit gestern abend hier. Sie schnappten mich, als ich nach der Arbeit einkaufen ging – ich warte noch immer bei North-Air ab, ob ich etwas von Walters höre. Es war schon dunkel, als wir nach anderthalb Stunden Fahrt hier ankamen. Immer wieder leuchtete jemand während der Nacht mit der Taschenlampe rein, aber in verschiedenen Intervallen. Ich glaube, so etwa um Mitternacht brachten sie dich. Sie lachten, als sie zu mir sagten, ich bekäme Gesellschaft.« Sie erschauerte. »Zuerst hielt ich es für einen entsetzlichen Streich; ich war sicher, daß du tot warst. Im Dunkeln konnte ich gar nicht sehen, wer du warst. Ich spürte nur das Blut, aber die Schädeldecke schien intakt zu sein, und dann bewegtest du dich ein wenig, und ich hörte dich atmen, aber ich mußte auf das Tageslicht warten, bis ich dich erkennen konnte. Seit zwei Stunden habe ich niemand auf Deck gehört.«

Ich zögerte. »Wozu wollten sie denn dich haben? Haben sie es dir gesagt?«

»Nur die Ruhe. Ich werde wegen Verbrechen gegen das Volk gesucht. Offensichtlich hat sich jemand ausgerechnet, daß mich nicht nur Herbert Walters' männlicher Charme bei North-Air hielt. Ich werde beschuldigt, besagten Anti-Establishment-Helden in sein Verderben gelockt zu haben, und damit bist du gemeint. Wir beide werden vor einem Volksgericht angeklagt, das ordentlich gebildet wird. Wirklich. Das sagte die Frau mit viel Emphase.«

»Anscheinend bekommen sie Selbstvertrauen und sprengen nicht mehr auf gut Glück Leute in die Luft. Jetzt ist es ein Schnellgericht im Stil der PPP. Kitty ist tot, und du und ich sollen für unsere Verbrechen gegen die Revolution bestraft werden. Zumindest nehme ich an, das Erschießungskommando kommt gleich nach dem fairen Gerichtsverfahren. Fluchtmöglichkeiten?«

Sally schüttelte den Kopf. »Glaub ich nicht. Nicht ohne Schneidbrenner oder starkes Brecheisen. Das Boot hat einen Stahl- oder Eisenrumpf, und dort hinten im Dunkel ist eine schwere Trennwand. Ich konnte eine Art Öffnung spüren, aber sie ist mit einem Metalldeckel verschlossen, der mit Bolzen, die sehr rostig sind, befestigt ist. Man würde eine sehr starke Hebelwirkung brauchen, um sie zu sprengen. Ich habe den Raum nach irgendeinem Werkzeug abgesucht – dabei wurde ich so schmutzig –, aber es ist absolut nichts vorhanden. Oberhalb von uns gibt es eine große Ladeluke, die ist von außen festgehakt, so wie der kleine Mannlochdeckel oder wie man es nennt. Ansonsten ist es nichts als ein großer, leerer Eisensarg. Tut mir leid.«

»Du bist großartig, Sally Wong. Deine Berichte sind gut.

»Nett von dir, daß du endlich zugibst, hier nicht der einzige mit entsprechender Ausbildung zu sein, Mr. Helm.«

»Beiß mir nur nicht den Kopf ab.« Ich grinste. »Vielleicht klang es wirklich ein wenig gönnerhaft. Von nun an werde ich mich auf Verweise beschränken und auf Komplimente verzichten, okay?«

Sie lachte. »Erzähl' mir von Walters. Weißt du sicher, daß er tot ist?«

»Ja, meine Liebe, der ist tot, aber es klappte nicht ganz so, wie wir es geplant hatten. Nach dem ursprünglichen Plan – erinnerst du dich, der von dir und deinen Vorgesetzten gebilligt wurde – sollte ich ihn auf einem ziemlich weit entfernten See landen lassen, wo ich auf einer meiner früheren Vogelbeobachtungsexpeditionen insgeheim Vorräte versteckt hatte. Gleich nach der Landung sollte ich mich seiner entledigen, Flugzeug und Leiche ganz tief versenken – dort gibt es ein paar unergründlich tiefe Teiche – und mich verdrücken. Natürlich sollte ich am letzten Tag irgendwelche noch übrigen Vorräte wegwerfen und auf Händen und Knien in die Zivilisation gekrochen kommen, als arg mitgenommener, ausgemergelter Überlebender eines schrecklichen Absturzes in der Wildnis, unfähig zu sagen, an welchem Berg wir in der sinkenden Dunkelheit gestrandet waren. Ganz einfach. Mit ein wenig Entgegenkommen von seiten der Behörden, die von deinen drogenbekämpfenden Vorgesetzten und deren kanadischen Gegenstücken diskrete Anweisungen erhalten würden, hätte es klappen müssen. Aber Christofferson war schlau: Er wußte, daß ich es auf ihn abgesehen hatte, und wartete nicht, bis wir landeten. Tatsächlich glaube ich, daß der Wechsel von einer Frau zur anderen, den ich vornehmen mußte, ihm die Augen öffnete, das war wirklich kein sehr kluger Schachzug.«

»Was geschah?«

»Ich war wenigstens noch so schlau zu erkennen, daß er sich für etwas bereitmachte«, sagte ich. »Als er mit der Hand nach der Waffe tastete, während wir noch in der Luft waren, zeigte ich ihm die meine. Er lachte mich aus und meinte, ich könnte nicht wagen, ihn zu erschießen, weil ich die Maschine nicht fliegen könne. Wenn ich ihn erschoß, mußte ich abstürzen und sterben. Er war recht gesprächig, weil er die Oberhand hatte. Er hatte keine Eile und fühlte sich absolut sicher: Er hatte sich alles ausgerechnet. Er hatte keine Ahnung, daß er auch nur verdächtigt wurde, ein Drogengeschäft für Brassaro im Westen aufzuziehen. Er glaubte, wir arbeiteten die ganze Zeit nur an der Terroristensache. Er sagte, er wisse genau, worauf wir aus seien: auf Informationen über den nächsten Bombenanschlag, der sehr bald be-

vorstehe. Er sagte, er werde mir einen Tip in die Hölle mitgeben, und nannte mir diesen Namen, Operation Perle. Dann langte er ganz langsam und bedächtig nach seiner Kanone, grinste mich an und forderte mich gewissermaßen heraus, ihn zu erschießen und hoch oben im Himmel ohne Pilot alleinzubleiben, mit keiner anderen Möglichkeit als der, abzustürzen.« Ich machte eine Pause.
»Die Spannung ist nicht zu ertragen«, sagte Sally. »Was hast du getan?«
»Zum Teufel, ich erschoß ihn natürlich.«
»Aber —«
»Mr. Walters hatte seine Hausaufgaben nicht ordentlich gemacht. Wenn er in der richtigen Akte gesucht hätte . . . zugegeben, sie liegt in der öffentlichen Bibliothek nicht auf, aber gewisse Leute in Moskau besitzen ein annehmbares Faksimile, glaube ich, und vielleicht gibt es sogar eines in Peking – jedenfalls, wenn er sich die Mühe gemacht hätte, am richtigen Ort zu suchen, hätte er erfahren, daß ein gewisser US-Agent zwar keine Fluglizenz besitzt, es aber dennoch einmal geschafft hat, ein Flugzeug in einer mexikanischen Lagune zu landen, als der Pilot mitten in der Luft plötzlich das Zeitliche segnete. Dem Flugzeug tat es nicht besonders gut, das gebe ich zu, aber die wichtigeren Passagiere, wie zum Beispiel ich, kamen unversehrt davon.« Ich zog die Schultern hoch. »Ich nahm an, wenn ich es in Mexiko geschafft hätte, würde ich es in Kanada gleichfalls schaffen. Zumindest gab es mir eine größere Chance, als wenn ich gewartet hätte, bis er mir eine Kugel in den Kopf jagte.«
»Du wurdest aber nicht auf diesem Inlandsee gefunden. Wie —«
»Ich war zu sehr in Eile«, gestand ich. »Flugzeuge jagen mir Angst ein. Ich überlegte zu sehr den nächsten Schritt – wie ich den verdammten Vogel in einem Stück landen sollte. Und ich hatte mich nicht vergewissert, ob Walters wirklich tot war. Er wartete, bis ich den Gurt geöffnet hatte, dann riß er die Maschine mit einem Ruck nach oben und schleuderte mich heftig quer durch die Kabine. Als mein Kopf sich nicht mehr drehte, von dem Flugzeug ganz zu schweigen, war er tot, aber der See, zu dem wir flogen, war nicht mehr da. Nichts als Wolken unter uns, aus denen einige bösartig wirkende Berge nach oben ragten. Ich sage dir, Sally Wong, verirr' dich einmal zum Spaß oben in der Luft, allein in einem Flugzeug mit begrenzter Treibstoffmenge, das du nicht fliegen kannst. Das ist ein wirklicher Trip; da kannst du dein verdammtes LSD behalten.«
»Nur weiter, Matt«, sagte sie leise.

»Also, ich wagte nicht, in die Suppe zwischen all diesen Felsen und Bäumen nach unten zu tauchen und etwas Nasses zu suchen, auf dem ich landen könnte. Die Beaver ist ein großes Flugzeug, wenn du nicht weißt, was zum Teufel du tun sollst, zweimal so groß wie das, mit dem ich drunten im Süden gelandet bin. Und diese verflixten, schwerfälligen Schwimmkörper machen es nicht leichter lenkbar. Ich blieb einfach oben und nahm nach dem Kompaß Kurs nach Westen, auf der Suche nach klarem Wetter und einem netten, sanften Stück Ozean, um darauf niederzugehen, ehe der Treibstoff zu Ende war. Ich erinnere mich an verdammt wenig von dem Flug und glaube auch nicht, daß ich das jemals wieder tun werde. Ich hatte wirklich einen schweren Brocken abgekriegt, verlor immer wieder das Bewußtsein und wachte gerade noch rechtzeitig auf, um den Felsen auszuweichen. Irgendwann kamen große Wellen auf mich zu. Und das nächste, was ich klar sehe, ist das Krankenhaus.«

Das Mädchen neben mir holte tief Atem. »Vielleicht bin ich nicht ganz einverstanden mit dem, was du tust, auch wenn du es für uns tust«, sagte sie nach einer Weile, »aber ich muß zugeben, du scheinst dein Geld wert, was immer man dir bezahlt.«

»Siehst du«, sagte ich klagend, »dauernd erzähle ich den Leuten, welch ein Held ich bin, aber sie wollen einfach nicht zuhören . . . In Wirklichkeit war es eine recht miese Leistung, und ich verdiente, was ich bekam.« Ich sah sie nachdenklich an. »Hawaii«, sagte ich.

»Was?«

»Bevor sie mich herschickten, erzählten sie mir einiges über die Agentin von der Drogenabteilung, mit der ich arbeiten sollte. Du wurdest in Hawaii geboren und bist dort aufgewachsen, stimmt das?«

»Ja, aber was in aller Welt —«

»Eine Kanakin von Geburt, wenn auch nicht von Geblüt. Alle Hawaiianer schwimmen wie Fische, ist das richtig?«

»Nun, ich bin eine recht gute Schwimmerin, Matt, aber was . . .« Sie brach ab und leckte sich die Lippen. »Ich verstehe, was du meinst. Aber weißt du, wie groß die durchschnittliche Überlebenszeit in diesen Gewässern um diese Jahreszeit ist?«

»Weißt du, wie groß die Überlebenszeit mit solchen Leuten in einer solchen Lage ist? Wenn du eine Chance siehst, hau ab! Versuch nicht, ans Ufer zu schwimmen. In die Strommitte, sie werden nicht erwarten, daß du dorthin schwimmst. Laß dich treiben, bis du ein Stück entfernt bist, dann schwimm ans Ufer und such ein Telefon. Ich werde mein Bestes tun, um dir Deckung zu geben, wenn sich die

Chance bietet.«
»Aber was ist mit dir?«
»Sei still! Das ist Amateurgerede! Eben erst sagtest du mir, was für ein geschulter Profi du bist. Ich kämpfe besser als du, schon allein, weil ich größer bin. Einer von uns muß sich retten, um von diesem Ort zu berichten, und du bist die Kandidatin, die sich logischerweise anbietet. Spiel die Hilflose! Erinnere dich, daß du immer ein schrecklicher Feigling warst! Ich will nicht die leiseste Spur von Stolz, Mut oder Selbstachtung sehen, Miss Wong. Du bist ein gebrochenes Geschöpf. Eine Nacht in diesem schrecklichen, dreckigen Loch hat dich völlig kaputtgemacht. Tränenspuren auf deinen Wangen, bitte, ängstliches Schluchzen, erstickter panischer Schluckauf. Erfinde, was du willst, aber mach es gut. Fleh um dein Leben, wenn es angezeigt scheint. Verrate alles, was man von dir zu verraten verlangt, mich eingeschlossen. Jammere und heule. Vielleicht wird sich jemand höchst degoutiert abwenden, wenn er ein so armseliges Exemplar menschlicher Weiblichkeit bewachen soll. Und da haust du ab, klar?«
Sie gab keine Antwort und lauschte. »Ich glaube, sie kommen«, sagte sie.
Wir hörten das Stahldeck über uns unter den nahenden Schritten widerhallen. Sie kamen tatsächlich.

ZWANZIGSTES KAPITEL

Das Schwierige war, die Leiter hochzukommen. Ich schaffte es, indem Sally von unten nachstieß und die Maschinenpistole von oben winkte. Ich erkannte das dunkle, breite Gesicht hinter der Waffe. Es gehörte dem Wächter, der Innendienst neben der Tür hatte, als ich im *Inanook* angekommen war: ein kräftiger, vierschrötig gebauter Bursche. Ich hatte ihn später wiedergesehen. Er machte an einem Tag die Runden draußen, als ich von Tommy Trask zum elektrischen Erholungsraum gerollt wurde, und ich hatte gehört, wie Tommy Trask ihn beim Namen nannte: Provost.
Als ich aus der Luke auftauchte, hockte ich mich eine Weile hin, um zu Atem zu kommen. Das brachte mir einen Stoß mit dem Waffenlauf ein, der mich aus der Hockstellung auf die Beine trieb. Manche Leute können keine Waffe in die Hand nehmen, ohne den unwiderstehlichen Wunsch zu verspüren, sie als Stock zu benutzen. Bei manchem

führte das zum Tod, aber ich war im Augenblick zu keiner plötzlichen und heftigen Reaktion fähig; und da war auch noch ein zweiter, ebenso bewaffneter Mann, der uns beobachtete. Als ich aufstand, stellte ich erfreut fest, daß ich zwar schwach, aber doch ziemlich sicher auf den Beinen war.
Ich merkte, daß Sally aus der Luke hinter mir auftauchte; der zweite Mann hielt seine Waffe auf sie gerichtet. Während ich, von Provost angetrieben, das breite Stahldeck entlangstolperte, gelang es mir, möglichst langsam zu gehen, wobei ich mir Zeit ließ, das zu überprüfen, was mir über unsere Umgebung gesagt worden war.
Der angeschwollene Fluß war tatsächlich da und strömte, voll von Gerümpel und Treibholz, ziemlich schnell an der schützenden kleinen Insel vorbei. Wenn Sally es bis ins Wasser schaffte, würde sie keine Schwierigkeiten haben, etwas zu finden, woran sie sich festhalten konnte, falls sie Kraft genug hatte. Das Wasser war sicher eiskalt. Auf der Uferseite war der Pier, an dem wir lagen, gut zwei Meter höher als der Schleppkahn. Er hatte die Form eines L, an dessen kurzem, äußeren Ende wir lagen, während der lange Schenkel des L schräg zu der hohen Granitküste emporführte. Es waren keine Boote zu sehen.
In Ordnung. Wenn es Sally gelang, ins Wasser zu springen, würde sie niemand mit einem Motorboot verfolgen. Sie konnten nur auf sie schießen, wenn sie es riskieren durften, in dieser stillen Bucht so viel Lärm zu machen. Eine Ente auf dem Wasser ist ein schlechtes Ziel, und ein Mensch im Wasser ein noch schlechteres. Es war zumindest tröstlich, das zu glauben.
Ich hörte Sally überzeugend wimmern, als auch ihr Bewacher seine Waffenmündung dazu verwendete, sie vorwärtszustoßen. Hier draußen im vollen Tageslicht war sie wirklich ein beklagenswerter Anblick mit ihrem geängstigten fleckigen Gesicht und ihren rostverschmierten Kleidern. Ich sah selbst jämmerlich genug aus, das wurde mir bewußt, als ich mich dem reflektierenden Glas des Deckaufbaus näherte: mein Gesicht, Hemd und Jacke waren mit getrocknetem Blut von dem Riß in meiner Kopfhaut verschmiert. Der rötliche Schmutz vom Inneren des Kahnes erhöhte noch die Wirkung. Ich sah aus, als wäre ich aus einem feuchten Grab exhumiert worden, großartig! Je schlimmer wir aussahen, eine desto bessere Chance hatten wir, unterschätzt zu werden.
Doch der Schimmer von Optimismus erstarb jäh, als wir in einen Raum geschoben wurden, sichtlich eine kleine Schiffsküche samt

Herd, Spüle und Kühlschrank. Eine offene Tür erlaubte mir einen kurzen Blick in einen schäbigen Schlafraum achtern. Man zeigte uns eine andere offene Luke und eine Leiter, die wieder nach unten in die Eingeweide des Kahns führte.

»Ich behalte sie hier im Auge, Manny«, sagte Provost. »Geh nach unten und ruf, sobald du bereit bist.«

Wir standen still vor Provosts Maschinenpistole da, während Manny, ein kleiner, drahtiger Bursche mit schwachem, bartbestandenem Kinn, zum Rand der Luke trat. Er legte seine Maschinenpistole vorsichtig auf das Stahldeck, stieg durch die Luke, nahm die Waffe, reichte sie jemandem im unteren Raum und verschwand. Bald darauf hörten wir seine Stimme:

»Bereit. Jake sagt, du sollst den Mann als ersten herunterschicken.«

Provost winkte mir mit seiner Waffe. Ich schritt vorwärts und wandte den Rücken, wie es Manny getan hatte, der Luke zu, hockte mich hin und tastete mit einem Fuß nach der ersten Leitersprosse unter mir. Ich blickte Sally nicht an. Sie schien mir intelligent und umsichtig genug, um keine verräterischen Signale zu brauchen. Wenn wir erst einmal dort unten waren, würde keiner von uns auch nur den Schatten einer Chance zur Flucht haben. Von oben konnte einer von uns die Nachricht vielleicht überbringen.

Ich tastete weiter ungeschickt mit dem Fuß herum, wobei ich mich am Rand des Lochs festhielt, in der Hoffnung, daß Provost ungeduldig einen Schritt näher kommen würde, so daß ich ihn auf den Hintern zwingen und Sally ihre Chance geben konnte. Ich hoffte, sie würde so vernünftig sein, abzuhauen, ohne sich umzudrehen.

»Aufpassen, Mr. Helm!«

Es war eine neue Stimme – nun, neu für heute. Ich hatte sie schon gehört. Ich blickte zur Tür des Schlafraums hinüber, und dort stand er, der kleine, rundliche Mann, der weiß gekleidet, mit Maske und Mütze wie ein Chirurg, die spaßigen Spiele in Elsie Somersets Hinterzimmer verfolgt hatte: Heinrich Glock, alias Heinie die Uhr, alias John Ovid. In seiner Armbeuge lag ein Schrotgewehr. Bis auf etwa vierzig Meter der sichere Tod. Man kann gegen eine Maschinenpistole mit einer schwachen Hoffnung angehen, aber gegen ein Streugewehr, fünfzehn Schrotkugeln pro Ladung, gibt es wirklich keine Hoffnung. Ich betrachtete ihn einen Augenblick. Eine adrette Gestalt im dunklen Mantel. Der schmalkrempige Hut ließ sein rundes weißes Mondgesicht sogar noch runder wirken, als es war, ein Effekt, der durch die goldgerahmte Brille verstärkt wurde. Ein eulenartig aussehender

kleiner Kerl in schmucker Stadtkleidung mit blankgeputzten Stadtschuhen, der ein großes Schrotgewehr in der Hand hielt – lächerlich. Nun ja, lächerlich, wenn man die scharfen, kalten Augen hinter der Buchhalterbrille nicht genauer ansah. Natürlich sah ich ihn nicht wirklich deutlich, sondern ich sah eine junge Frau in einem hübschen rosafarbenen Kleid, mit dunkelroten Blutflecken, die tot dalag . . . Genug davon, Matt Helm! Wer bist du? Eine Art Racheengel mit blitzendem Schwert? Vergiß die junge Frau in Rosa! Traure später um sie! Jetzt streng dein Gehirn an, und laß dir was einfallen.
Ich sah den kleinen Mann mit dem Schrotgewehr an und wußte, daß er zu allem bereit war, so entspannt er auch aussah. Er sagte ruhig: »Tut mir leid, daß der Tod der Davidson für nötig erachtet wurde, Mr. Helm, aber wir sind ja beide Profis, nicht wahr? Wir wissen, was es heißt, Befehle zu befolgen. Nun gehen Sie bitte nach unten. Sie begreifen, daß Widerstand sinnlos ist.«
Sally Wong warf ihm einen Blick zu, ein wenig verdutzt über seine Haltung. Ich war selbst ein wenig verwundert, hatte aber keine Zeit, mir genau zu überlegen, was mich wunderte.
Provost sagte grob: »Es reicht! Sie da, zum Teufel, runter mit Ihnen, sonst tret' ich Sie nach unten!«
Ich fand die Sprosse. Als beide Füße Halt hatten, blickte ich nach unten. Manny, die kleine Ratte, erwartete mich dort.
»Verdammte Scheiße, was geht denn da vor?« Noch eine unbekannte Stimme. Es war die einer Frau. Mein Kopf und die Schultern waren noch oberhalb des Küchenfußbodens. Ich blickte hoch und sah eine Frau in langem Rock im Eingang stehen, eine Silhouette gegen das Licht von außen. »Was treiben denn die Gefangenen da draußen, Provost?« fragte sie. »Ich sagte, die bleiben eingesperrt, bis wir Zeit zu einem ordnungsgemäßen Verfahren haben. Zum Teufel, man kann ja diese Dreckbude nicht verlassen, um ein bißchen Dynamit auszulegen, ohne daß ein Haufen Idioten auf blöde Gedanken kommt!«
Es hatte lang gedauert, aber ich hatte den Eindruck, daß ich endlich die Bekanntschaft der mysteriösen Mrs. Market machte.

EINUNDZWANZIGSTES KAPITEL

Sie brauchten eine Weile, um sich zu einigen. Ich blieb auf der Leiter stehen, bis ich von allen Beteiligten, oben und unten, grünes Licht erhielt. Ich wollte mir weder Kopf noch Hintern von jemand wegschießen lassen, der fand, ich ginge in die falsche Richtung. Dann zog ich mich behutsam in den oberen Schiffsraum zurück und stand auf.

Das vage Gefühl war wieder da. Ich wußte, es stimmte etwas nicht, und es hatte mit Ovid zu tun, aber ich konnte es nicht genau definieren. Inzwischen hörte ich eigentlich der Frau gar nicht zu, die neben der Luke kniete, die ich gerade verlassen hatte, und ihre Beschimpfungen zu dem Mann hinabschrie, der ihr aus dem unteren Raum ebenso heftig, aber mit weniger farbigen Ausdrücken antwortete. Es war der, welcher mich in Kittys Wohnung hatte erledigen wollen, aber von einer Frau – dieser Frau – daran gehindert worden war. Nach einer Weile begegnete ich Provosts Blicken und zeigte auf die Spüle, wobei ich durch vorsichtige Bewegungen andeutete, daß ich mir das Gesicht waschen wollte. Er zögerte, zog die Schultern hoch und winkte mit seiner Waffe, ich könne in die gewünschte Richtung gehen, doch nach zwei Schritten hielt er mich wieder auf. Er ging an mir vorbei und langte nach etwas im Dunkeln, am Ende des Tisches. Es war ein langes Futteral aus Plastik, das dort lehnte, ohne daß ich es gesehen hatte. Es sah kräftig aus und diente vermutlich für ein Gewehr mit Zielfernrohr. Er ging wieder vorsichtig an mir vorbei und reichte das Futteral mit dem Gewehr Ovid, der es mit nachsichtigem Lächeln in eine Ecke außer Reichweite stellte. Er wußte ebenso wie ich, daß der Gedanke, ich könnte das Gewehr aus dem Futteral nehmen und rechtzeitig laden, um mit zwei bewaffneten Männern mit schußbereiten Waffen fertigzuwerden, ein bißchen lächerlich war.

Provost gab mir mit seinem ausdrucksvollen Maschinenpistolenlauf das Okay-Signal. Ich ging zum Spülbecken und fand einen großen schwarzen Gummipfropfen, der aussah, als ob er als Beißring von einem fleischfressenden Baby benutzt worden wäre. Ich steckte ihn in den Abfluß. Es gab nur einen Wasserhahn, der zögernd kaltes Wasser ausspie.

Sie diskutierten noch immer heftig. Man konnte es gut oder schlecht auslegen. Ich meine, ein gut organisierter, disziplinierter Feind ist theoretisch sicher schwieriger zu besiegen; aber in der Praxis weiß man nie, wann ein Hitzkopf in einem Haufen streitender, desorganisierter Exzentriker einen versehentlich umbringt. Ich schälte ein Pa-

pierhandtuch von einer zerfetzten Rolle, befeuchtete es und begann, mir das Gesicht abzuwischen.
»Laß es mich machen.« Sally Wong nahm mir das nun vom wäßrigen Blut rosa gefärbte Papier aus der Hand, hielt aber inne, als wäre sie von Angst überwältigt. »M-Matt, was werden sie mit uns tun?« klagte sie. »Was wird mit uns geschehen?«
»Kopf hoch, Liebling«, sagte ich.
»Du verdammter Narr«, sagte sie leiser.
»Was hab' ich denn getan?«
»Die hätten dich sicher erledigt, wenn du es versucht hättest. Sogar ohne den kleinen Kerl mit dem Schrotgewehr.«
»Dann wäre ich eben oben auf der Leiter anstatt unten gestorben. Große Sache.« Lauter schnauzte ich sie an: »Um Himmels willen, hör auf, dir in die Hosen zu machen wie ein Baby, du bist jetzt ein großes Mädchen. Wie zum Teufel ist eigentlich eine Niete wie du überhaupt in diese Branche gekommen?«
»Ich wußte ja nicht, wie es sein würde! Ich dachte, es würde aufregend und wunderschön sein . . . herrlich! Schau mich an, ich war noch nie im Leben so dreckig!«
Provost bewegte sich ärgerlich. »Mund halten! Nicht sprechen!«
Sally schluchzte auf, schluckte und machte sich an die Arbeit. Ich stand still, während sie das Schlimmste von der blutverkrusteten Wunde entfernte. Ich sah eine andere Frau schweigend im Türeingang stehen, ein kleines, dickes Mädchen in riesigen, schmutzigen, ausgebeulten Jeans und einem Männerhemd aus Wolle, das sie außen über der Hose trug. Auf ihrem strähnigen braunen Haar saß ein Männerfilzhut.
Als Sally vorsichtig rund um die Wunde in meiner Kopfhaut rieb, hielten wir beide tatsächlich den Mund. Joan Market zog den groben Wollumhang um ihre Schultern zurecht und kam herüber. Sie schob Sally zur Seite.
»Laß das, uns kümmert es nicht, wie er aussieht«, fauchte sie. Sie wandte mir ihre Aufmerksamkeit zu, betrachtete mich eine Weile und sagte: »Das also ist der große Mörder, der jähe Tod! Wie viele Menschen hast du wirklich schon umgebracht?«
Ich ließ es darauf ankommen, wollte aber in meinem Widerstand nicht zu weit gehen, denn sie schien im Augenblick auf eigentümliche Art auf unserer Seite zu sein – zumindest schrie sie nicht nach unserem sofortigen Abschuß. Andererseits sollte ich hier der mutige, starke Gefangene sein, der dem Tod furchtlos ins Auge blickt, um die

Aufmerksamkeit von meiner geängstigten, unbedeutenden asiatischen Kollegin abzulenken.
Ich sagte: »Wenn ich die Frage wörtlich nehmen soll, lautet die Antwort: keinen.«
Sie kniff die Augen zusammen. »Welchen Sinn hat es zu lügen? Ich weiß selbst von vier oder fünf und von einem, der vermutlich das gottverdammte Fleischermesser nicht überleben wird, das du ihm in die Brust geschleudert hast . . .«
Sie war eine mittelgroße junge Frau, etwas schwerer als nötig. Sie machte den Eindruck, daß das saloppe Übergewicht, ebenso wie ihre obszöne Ausdrucksweise, zweifellos ein Protest gegen ihre Erziehung war – ich hätte gewettet, daß sie einen akademischen Grad besaß –, eine bewußte Erwiderung auf die herrschende Ansicht, das Weibchen der Rasse Mensch müsse schlank, sauber und für das Männchen anziehend sein. Natürlich rebellierte sie auch gegen den alten reaktionären Sauberkeitskult. Sie sah wirklich nicht übel aus. Mein erster Gedanke war, daß sie schwarze Vorfahren hatte; dann kam ich zu dem Schluß, daß trotz ihres vollippigen, flachnasigen Gesichts die negroide Wirkung vor allem ihrer wilden, struppigen Frisur im Afro-Look zuzuschreiben war. Ihre Augen erschreckten mich, weil sie, im Gegensatz zu dem verrückten Haar, gar nicht verrückt waren. Es waren ruhige und intelligente braune Augen.
Joan Market starrte mich noch etwas länger prüfend an, dann wandte sie den Kopf ab und sagte: »Ruth, mach die kleinen Ungeheuer fertig – nein, sag jemandem, er soll es tun. Und komm dann in den Beratungsraum, du bist ein Mitglied, und wir müssen eine Sitzung abhalten, eine Scheißsitzung, in Gottes Namen! Heute, verdammt noch mal! Alle verlieren hier ihren idiotischen Kopf. Also, vorwärts!«
»Ja, Joan.«
Das dicke Mädchen brauchte einige Zeit, bis es antwortete und zu der Luke ging, so als ob alle Vorgänge, geistige und physische, träge abliefen.
»Ja, Joan!« wiederholte Joan Market leise und ärgerlich, während Ruth mit einiger Schwierigkeit durch die Luke stieg. »Scheiße. Idioten und Verrückte, das haben wir, Idioten und Verrückte, sonst nichts.« Sie wandte sich wieder zu mir. »Du bringst Menschen um. Gibt es also einen Grund, warum die Menschen dich nicht umbringen sollten?«
»Keinen«, sagte ich, »wenn sie's schaffen.«
»Wir werden es schaffen. Verlaß dich drauf, verdammt, wir schaffen

es! Wir werden dich vernichten und alles, was du verkörperst, die gesamte Unterdrückung und Ungerechtigkeit, gestützt durch die Waffen des Establishments in den Händen von Männern wie du.«
»Ist eine Establishment-Waffe schlimmer als eine Anti-Establishment-Waffe?« Ich drehte meinen Kopf in Richtung der Maschinenpistole in Provosts Händen.
»Scheiße«, sagte sie. »Ich wollte nicht, daß wir uns mit diesen Waffen befassen. Wir hatten auch ohne Waffen ganz schöne Erfolge. Aber General Jacques Frechette von der Volksbefreiungsarmee, der PPP, dieser große Streiter für die Armen und Unterdrückten, mußte das Spielzeug für seine Mistburschen haben. Die Volksbefreiungsarmee, alle ihre neun Mitglieder – oder sind es elf? Alles Obersten und Majore und Oberleutnants, kein einziger einfacher Soldat in dem ganzen Haufen. Welchen Rang hast du, Provost?«
»Major, Ma'am.«
»Major Provost Littlebird von der PPP. O mein Gott! Verzeih mir, Provost, du bist in Ordnung, nur der Gedanke als solcher macht mich kotzen. Wir hatten eine gute Sache laufen, wir kamen vorwärts, wir hatten die arroganten Schweinehunde vom Establishment fast so weichgekriegt, daß sie auf unsere Forderungen hörten, und dann mußten wir die Idioten spielen. Kleinkinderkriegsspiele. Guerillaspiele, du lieber Himmel ... Worauf zum Teufel warten denn alle? Was ist mit der Sitzung? Einen Mann wie dich, Helm, einen typischen Söldner des Establishments, dich und Shanghai-Sally, deine kleine Komplizin – euch hätten wir zu wichtigen Symbolen gerade dieser unbarmherzigen und skrupellosen Unterdrückungsmethoden machen können, gegen die wir kämpfen, wenn nicht alle es so verdammt eilig hätten. Eine Verhandlung vor einem richtigen Volksgericht, nicht eine heimliche Lynchjustiz auf diesem dreckigen kleinen schwimmenden Scheißhaus. Und heute – warum zum Teufel, heute?« Sie starrte mich an. »Du hast angeblich dein Gedächtnis verloren«, sagte sie leise. »Hast du es wieder zurückgewonnen?«
»Ich hatte es nie verloren«, sagte ich. »Wir waren der Meinung, daß ihr Bombennarren euch so sicher fühlen würdet, weitermacht und euch dabei von uns erwischen laßt ...«
Ihr Lachen unterbrach mich. »Netter Versuch«, sagte sie. »Und nun sollen wir es abblasen, weil wir glauben, die Bullen wissen Bescheid? Schlau, aber da stimmen zwei Dinge nicht, Helm. Erstens war Elsie Somerset eine verdammt gute Psychiaterin, und wenn sie sagte, du hast Amnesie, dann hattest du sie. Sie konnte sie nicht brechen, sie

war also da. Zweitens: Vielleicht ist dir inzwischen etwas eingefallen, das du von Walters gehört hast – das nehme ich an, sonst wüßtest du nichts über Perle –, aber das war nicht sehr viel, oder du hast es keinem wichtigen Mann mitgeteilt. Denn siehst du, ich habe vor zwei Stunden die Bombe gelegt, ohne daß irgend jemand mir Aufmerksamkeit schenkte, und wenn es eine Falle gegeben hätte, wüßte ich es, dazu habe ich genug Erfahrung. Nun mach, zum Teufel, daß du dorthin zurückkommst, wo du warst, damit wir die Sache zu Ende führen und uns auf etwas Wichtiges konzentrieren können . . . Du auch, du plärrende kleine Mata Hari. Vorwärts!«

ZWEIUNDZWANZIGSTES KAPITEL

Um die Kajüte zu bauen, hatten sie alte Latten, die früher für etwas anderes verwendet worden waren, auf dem rostigen Stahldeck des Kahns befestigt. Es war kein fachmännischer Aufbau, sondern zweifellos, wie Sally gesagt hatte, selbstgebastelt. Richtige Schiffszimmereiarbeit ist anders, sorgfältig ausgeführt, mit Holzschrauben und Bolzen solide zusammengefügt. Das hier war nur eine schwimmende Hütte, von Leuten, die es nicht verstanden, Nägel gerade einzuschlagen, aus gebrauchtem Holz lieblos errichtet. Die Fensterrahmen paßten nicht, und die Türen schlossen schlecht.

Von der Kombüse wurden wir, wie ich dachte, in einen großen gemeinsamen Schlafraum geführt; ich hatte nämlich ein paar unordentliche Schlafstellen durch die offene Tür gesehen. Es war ein Irrtum. In Wirklichkeit war es eine Art Messe mit einem selbstgemachten Tisch – nur Latten auf Böcken – und verschiedenen wackligen Stühlen. Ein Holzofen in der gegenüberliegenden Ecke strahlte ziemlich viel Wärme aus, das war angenehm nach der Kälte unseres Gefängnisses. In dem Raum waren schmutzige Kleidungsstücke und anderes Zeug verstreut. Die Bettstellen, die ich zuvor gesehen hatte, waren sichtlich in den Raum geschoben worden, weil der dahinterliegende tatsächliche Schlafraum, der durch die Tür am Ende sichtbar wurde, überfüllt war. Es schien ein kleinerer Raum zu sein, an dessen Wänden mehrere Betten – immer zwei übereinander – standen. Wie sie das Toilettenproblem gelöst hatten, konnte ich nicht feststellen. Gewisse schlechte Gerüche deuteten darauf hin, daß die Lösung jedenfalls nicht ideal war.

Mich interessierten nur zwei Details des Baus und der Ausstattung. Daß die Kajüte aus Holz und nicht aus Schiffsbaustahl wie das Schiff selbst bestand, bedeutete, daß sie keinen Schutz gegen Kugeln bot, nicht einmal gegen Kugeln der ziemlich schwachen Pistolenmunition, die für die hiesigen Waffen verwendet wurde. Das mußte unsere Fluchtstrategie berücksichtigen. Es würde nicht genügen, sich einfach um die Ecke zu drücken und außer Sicht zu sein. Maschinenpistole ebenso wie Schrotflinte konnten jede Stellung unhaltbar machen, sofern der Schütze es nicht scheute, Lärm zu machen und die Kajüte ein wenig zu beschädigen.

Auf der Plusseite stand die Tatsache, daß der Weg durch die Kombüse, auf dem wir gekommen waren, nicht die einzige Möglichkeit war, um in den Eßraum zu gelangen, wenn man ihn so nennen wollte – oder ihn zu verlassen. Am anderen Ende des Raumes führte eine zweite Tür direkt auf das seewärts liegende Deck. Natürlich wußten wir nicht, ob sie benützbar war, ehe wir sie uns näher angesehen hatten oder jemand sie benützte. Sie konnte versperrt oder einfach zugenagelt sein.

Ich bemühte mich, sie nur beiläufig anzusehen, während Provost uns, vorbei an dem langen Tisch, zu der ersten Bettstelle an der Uferseite des Raumes führte. Er sagte, wir sollten uns hinsetzen und uns ordentlich aufführen, oder so ähnlich. Während er vorsichtig an uns vorbeiging, sah ich, wie Sally einen raschen Blick durch den Raum warf, um die Entfernung zu schätzen; als Provost seinen Posten im Eingang zum Schlafraum bezogen hatte, hatte sie ihr Gesicht in meiner linken Schulter verborgen und schluchzte hoffnungslos; Ovid war an der Tür geblieben, durch die wir gekommen waren.

Zwei Kinder in zerrissenen Jeans und Sporthemden mit langem Haar, Geschlecht undefinierbar, vertrieben sich die Zeit mit irgendeinem Spiel auf dem Tisch. Der Anblick von Gefangenen und Waffen schien sie nicht besonders zu interessieren. Joan Market, die uns gefolgt war, trat zu ihnen und sagte, sie sollten verschwinden, es werde eine Sitzung stattfinden. Sie maulten und trotteten durch die Tür uns gegenüber hinaus, die sie offen ließen. Also gut. Ich hörte, wie Sally neben mir vorsichtig, aber erleichtert aufatmete. Joan ging hin und schlug die Tür zu; sie mußte kräftig dagegentreten, damit sie auch schloß. Draußen hörte ich die Kinder vorbeilaufen, sie machten einen Mordslärm auf dem widerhallenden Deck. Dann rief sie die Stimme der dikken Ruth aus der Kombüse, sie rannten zu ihr und klapperten über die Leiter nach unten ins Innere des Schiffes.

Ich hatte mich über den Anblick von Kindern einigermaßen gewundert, doch sie gehörten offensichtlich als wichtiger Teil zur Tarnung. Wenn einige verlotterte Hippiefamilien – oder wie immer man heute die Außenseiter bezeichnet – mit Kindern auf einem komisch aussehenden Hausboot leben, kümmert sich keiner darum, wie viele verschiedene Männer oder auch Frauen man kommen und gehen sieht. Ich glaubte nicht, daß es noch viel länger funktionieren würde, was immer auch geschah. Es war offenbar das Hauptquartier gewesen, von dem aus Weisungen an die auffallendere Anlage im *Inanook* ergangen waren; sie konnten aber kaum erwarten, jetzt, da sie in ihrem eigenen Hinterhof Terroristenanschläge organisierten, unbehelligt zu bleiben. Die Explosion der Fähre hatte vom Sicherheitsstandpunkt aus genügt; eine weitere Explosion hier im Gebiet von Vancouver würde eine Menschenjagd in Gang setzen, bei der nichts übersehen wurde, bestimmt keine unkonventionelle Gemeinschaft wie diese. Sie mußten Pläne haben, rasch zu verschwinden und sich anderswo einzurichten . . .
»Diese Bombe«, hauchte Sally zwischen gedämpften Schluchzlauten, »von der die Frau gesprochen hat. Das kann nicht allzuweit von hier sein. Vermutlich irgendwo in der Stadt. Wir müssen herausfinden, wo und wann sie losgeht. Wir müssen die Explosion verhindern.«
»Nicht wir«, flüsterte ich. »Deine Aufgabe ist es, wegzukommen und die Kavallerie zu holen. Konzentriere dich, Sally Wong. Laß dich nicht durch ein wenig Dynamit oder Nitro oder TNT ablenken. Direkt los auf die Tür und über die Schiffswand, sobald du eine günstige Gelegenheit wahrnimmst. Denk daran, es sind die ersten zwei Schritte, auf die es ankommt, wenn dieser Tisch voller Leute ist. Sobald du hinter ihnen bist, schirmen sie dich gegen Ovid ab, und sogar Provost kann nicht abdrücken, ohne die Hälfte von ihnen niederzumähen, nicht bis du an ihm vorbei bist und nach dem Türknopf greifst. Ich werde versuchen, ihn lange genug außer Gefecht zu setzen . . .« Ich schob sie gereizt weg. »Um Himmels willen, hör auf zu schluchzen, du machst mich wahnsinnig!«
Mrs. Market ging an uns vorbei, ohne uns anzublicken; ihr langer Rock, dessen unterer Rand zu weißen Fransen durchgescheuert war, wogte. Sie hielt an der Tür zur Kombüse, wo Ovid Posten stand. Er trat zur Seite, um sie vorbeizulassen, doch sie wandte sich jäh um und zwängte sich an dem Stuhl vorbei, der zwischen dem Kopfende des Tisches und dem Fenster stand. Sie blickte hinaus auf den braunen Fluß. Ihre Finger trommelten nervös an das verregnete Glas.

Noch einmal kontrollieren! Die Ausgangstür vor uns am anderen Ende des Raumes. Provost im Türeingang zum Schlafraum, ein wenig links – vielleicht gab es dort noch einen Fluchtweg, den er abriegeln wollte. Ovid im Türeingang zur Kombüse, ganz am anderen Ende des Raumes und rechts. Solange wir ruhig blieben, hatten sie uns in sicherem Kreuzfeuer, ohne Gefahr, die Leute am Tisch oder einander zu erschießen. Bewegten wir uns jedoch – angenommen, wir waren schnell genug oder einer von uns konnte . . .

Ovid trat wieder zur Seite, Ruth kam herein und sagte etwas zu Joan Market. Diese blickte noch immer auf den Fluß hinunter und bedeutete, man solle sie nicht stören. Ruth setzte sich an das andere Tischende, ruhig und gelassen; anscheinend war Ablehnung ihr normales Los, und sie erwartete nichts anderes. Bald kamen nacheinander die anderen herein, eine weitere Frau in einem langen, unmodernen Kleid, gefolgt von drei Männern. Die Frau war jung, sie hatte ein kleines verkniffenes Gesicht und eine strähnige schwarze Mähne, die mit einem roten Band zusammengehalten wurde. Dann kam der kleine Manny, den wir bereits kannten, mit seiner Maschinenpistole, gefolgt von einem stämmigen Schwarzen mit gemäßigtem Afro-Look, der einen schmutzigen Overall im Militärstil trug. Sie verteilten sich. Manny und die Frau mit dem roten Band nahmen auf unserer Tischseite Platz, der Schwarze im Overall ging auf die andere Seite und setzte sich neben Ruth, die ihn mit einem schüchternen Lächeln begrüßte; einen kurzen Moment lang sah ihr Gesicht recht hübsch aus. Sichtlich hatte er auf seinen Auftritt gewartet – er, das war General Jacques Frechette von der PPP, manchmal Jake genannt. Nun hatte ich den Zusammenhang begriffen. Als ich ihn eintreten sah, erinnerte ich mich, daß ich ihn das letztemal mit ängstlichem Blick in der Uniform eines Wächters mit leerem Halfter gesehen hatte. Daß er vorher sehr, sehr langsam nach dem Revolver gegriffen hatte, der in dem Halfter steckte. Vielleicht trug er aus diesem Grund jetzt eine Maschinenpistole, die er freilich ans Kopfende des Tisches legte.

Heute trug er saubere Blue jeans und eine kurze, dazu passende Drillichjacke. An seiner hageren Gestalt wirkte seine Kleidung elegant, fast militärisch; man erwartete beinahe über der Jackentasche eine Schaustellung von Ordensbändern. Sein altes Grenzergesicht mit dem Hängeschnurrbart und den borstigen Brauen war so malerisch wie immer. Seine blassen blauen Augen schweiften gebieterisch durch den Raum, bis sein Blick mich traf. Ich sah, wie er sich, einen Augenblick bestürzt, daran erinnerte, daß ich ihn in Elsie Somersets

Büro entwaffnet und eingeschüchtert hatte. Nach einer Weile zeigte sein Blick hämischen Triumph; nun war er an der Reihe. Er schob seinen Stuhl zurück, machte eine Pause und sah die Frau an, die noch am Fenster stand.
»Wenn Mrs. Market bereit ist, können wir die Sitzung eröffnen«, sagte er energisch, nahm Platz, ohne auf sie zu warten, und fuhr fort: »Ihr werdet euch freuen zu hören, daß die Verräterin ihren Betrug mit dem Leben bezahlt hat. Dieses Beispiel werden sich, so hoffe ich, andere zu Herzen nehmen, die alberne Vorstellungen davon haben, wie man sich unter falschen Vorwänden bei uns einschleichen kann.« Er brach ab, während Joan Market neben ihm Platz nahm, wartete betont, bis sie stillsaß, und fuhr fort: »Ich kann auch berichten, daß ein gutgeführter Überfall der Volksbefreiungsarmee uns zwei Gefangene eingebracht hat, die in denselben Plan, in unsere Organisation einzudringen, verwickelt sind. Wir stehen vor dem Problem, entsprechende Bestrafung für dieses Verbrechen gegen das Volk festzusetzen. Was mich anlangt, erkläre ich, daß der männliche Gefangene meiner Ansicht nach keine Rücksicht verdient. Er kommt mit Blut an den Händen in diesen Raum, und das Blut ist das unserer Kameraden.«
Zorniges Murmeln ertönte, während Frechette eine dramatische Pause einlegte.
»Der Fall der weiblichen Gefangenen ist etwas weniger klar, wenn auch nur geringfügig«, fuhr er fort. »Bevor wir jedoch die Frage ihrer Schuld ins Auge fassen, wollen wir die große Volksbewegung überdenken, die wir vertreten, und uns dessen erinnern, was hier auf dem Spiel steht, das alle Überlegungen von Gefühlen und bürgerlicher Humanität überschreitet . . .«
Dann legte er los. Das war vielleicht eine Rede! Er ging zurück bis auf den Tod des Tyrannen Cäsar durch den großen Volksbefreier Brutus und setzte dort fort. Wir hörten von der IRA, der PLO, FLQ, SLA und zahlreichen anderen Abkürzungen, die mir nichts sagten, sowie von Protestbewegungen, von denen ich nie gehört hatte, auf Kontinenten, die ich nie besucht hatte und er auch nicht, dessen war ich ziemlich sicher. Er redete von Bolivar und Juarez, von Guevara und Arafat . . .
Da schlug Joan Market mit beiden Fäusten krachend auf den wackeligen Tisch und erhob sich. Plötzlich herrschte Stille im Raum.
»Was machst du bloß?« flüsterte sie. »Was willst du eigentlich?«

DREIUNDZWANZIGSTES KAPITEL

Ich spürte, wie das Schiff seine Lage gegenüber dem Dock infolge von Wind oder Strömung leicht veränderte. Ich hörte das leise Geräusch eines Radio- oder Fernsehapparates unten im Schiffsraum und fragte mich, wieviel Empfang man umgeben von so viel Metall wohl bekommen konnte. Was die nur für eine jämmerliche dunkle Metallhöhle von Schlafraum dort unten hatten. Die Unterkünfte über Deck waren schlimm genug. Frechette machte eine verlegene Bewegung und blickte zu der Frau hoch, die mit ihrer wilden Frisur neben ihm noch größer wirkte.
»Bitte, liebe Joan«, sagte er sanft.
»Du hast Jesus und George Washington ausgelassen«, fauchte sie höhnisch. »Du weißt, welcher Tag heute ist. Du weißt, was ich heute tun soll. Für wen, zum Teufel, hältst du mich? Und ich soll hier sitzen und mir diesen Blödsinn anhören, da ich mich auf das vorzubereiten habe, was ich tun muß? Menschen zu töten ist nicht einfach eine natürliche Funktion wie aufs Klo zu gehen!«
Er räusperte sich. »Gewisse Entschlüsse müssen gefaßt werden –«
»Sie müssen nicht heute gefaßt werden! Ich habe dich gebeten, es zu verschieben; warum die verdammte Eile? Hol dich der Teufel, Jake, was ist denn in letzter Zeit los mit dir? Wir hatten alles schon lange festgelegt, du und Dan und ich. Wir würden eine echte revolutionäre Bewegung haben, nicht bloß so einen idiotischen Gruppentherapie-Quasselkreis. Keine verdammten Reden mit wildem Blick. Keine verfluchten militärischen Titel. Keine unnötigen Geheimagent-Kodenamen. Keine albernen geheimen Guerillaarmeen oder Größenwahn, kein abgeschmacktes geheimes Hauptquartier, wo man uns in der Falle fangen kann; nur eine kleine Gruppe entschlossener Untergrundkämpfer, die schnell und lautlos dort zuschlagen, wo es den Schweinen am stärksten weh tut – und es funktionierte, verdammt, es funktionierte! Bei Gott, wir hatten sie so weit, daß sie in Angst gerieten. Und nun schau uns an, rausgeworfen aus dem Klapsmühlenversteck, eingesperrt in diesem lächerlichen schwimmenden Schweinestall! Wer zum Teufel braucht ein Hauptquartier? Wer braucht all diese Gewehre? Wozu dient das alles, außer deiner verdammten Eitelkeit ...«
Frechette sagte steif: »Es wurde klar bewiesen, daß eine Organisation wie die unsere eine leistungsfähige Führung und eine starke Verteidigung haben muß.«

»Verteidigung, Blödsinn!« sagte sie. »Wir verteidigen nicht, wir greifen an. Und wir griffen verflucht erfolgreich an, bis du –«
»Wirklich?« unterbrach er sie heftig. Seine Stimme war schrill. »Also, meine Liebe, bis zu einem bestimmten Punkt hast du wohl recht. Wir griffen erfolgreich an, bis dein Mann Dan sich mit einer seiner selbstgebastelten Bomben in die Luft jagte, ein Märtyrer für unsere Sache oder für seine Ungeschicklichkeit, ich fand nie ganz heraus, welches von beiden!«
Sie hatte sich zu ihm umgewandt. »Kein Wort gegen Dan! Wag es nicht, über Dan zu spotten!«
»Verzeih mir, ich vergaß. Dan Market verpfuschte einen einfachen Einsatz, deshalb ist er jetzt einer der strahlendsten Heiligen unserer Bewegung. Ich gebe natürlich zu, daß es ihm gelang, diesen Schwächling Davidson mit sich zu nehmen, das wollen wir ihm als Verdienst anrechnen. Sogar wenn er es zufällig tat, statt nach unserem Plan – er brachte den Verräter rechtzeitig zum Schweigen. Im Gegensatz zu seiner Frau. Ich sagte dir gleich, sie war nicht vertrauenswürdig, erinnerst du dich? Ich sagte dir, sie ahnte die Wahrheit, sie mußte ahnen, wie und warum ihr Mann gestorben war. Ich sagte dir, alles war nur Betrug –«
»Und dann sagtest du, wir sollten das Miststück aufnehmen, so könnten wir sie im Auge behalten, weißt du es noch?«
»Augenblick!« Es war der junge Schwarze im grünen Overall. »General, Sir, könnten wir bitte zum Gegenstand der Sitzung kommen und die Vorwürfe sein lassen, Sir?« Seine Stimme klang bei weitem nicht so respektvoll wie seine Worte.
»Der Einwurf ist richtig«, sagte Frechette nach kurzer Pause. »Du hast ihn gehört, Joan. Der Gegenstand –«
»Ich kenne den Gegenstand«, unterbrach ihn Joan Market. »Der wahre Gegenstand ist eine der ausgefallenen ferngesteuerten Sprengvorrichtungen, die wir derzeit verwenden. Sie wurde heute morgen von Ruth und mir heimlich angebracht. Jetzt muß sie von jemandem rechtzeitig gezündet werden. Wer will das tun? Da!«
Wieder herrschte Stille im Raum, während sie in eine der großen Taschen ihres Rocks langte und einen schwarzen Plastikgegenstand herausnahm, anscheinend ein kleines Transistorradio. Sie legte mit dem Daumen einen Schalter um. Ich hörte, wie die Frau mit dem roten Kopfband in meiner Nähe jäh Atem holte, als in dem kleinen Plastikgehäuse eine winzige rote Lampe aufleuchtete.
»Es ist wirklich ganz einfach«, sagte Joan Market. »Man schaltet es

ein, wie ein Radio, wißt ihr? Man kann sogar richtige Sender damit hören, also dreht man die Lautstärke ganz ab, wenn die Zeit kommt, es sei denn, man will es zu Country- und Westernmusik tun. Oder zu den Nachrichten. Es ist ein Radio, und niemand kann was andres finden, solange er's nicht auseinandernimmt. Wenn man aber in der richtigen Gegend ist, in weniger als vierhundert Meter Entfernung, und auf den Knopf drückt – hier, dann wird es lauter als jedes Radio, das man je gehört hat. Es wird klingen wie der Weltuntergang, und genau das wird es für viele Menschen auch sein. Da du klargestellt hast, daß du es mich nicht in Frieden und auf meine Weise machen lassen willst – hier, da ist es. Gehört ganz dir, General Frechette.«
Sie schob ihm das Kästchen zu. Er machte keine Bewegung, um es zu ergreifen.
»Was ist los, General?« fragte sie zornig. »Das ist deine Chance, es nach deiner Art zu machen. Ruth wird dich instruieren. Sie wird dir zeigen, wo du warten sollst und vor der Explosion sicher bist, aber doch nahe genug. Sie wird die Kinder als Tarnung einsetzen – meinst du nicht, daß diese schmutzige Hippiefamilie manchmal baden könnte? – und rechtzeitig wegbringen. Robbie trifft es sehr gut, aufs Stichwort Pipi zu machen, und Sissy hat eine Vorliebe dafür, Farbe zu zerstäuben. Und Ruth wird dir das Signal sagen, das dir ein geweihter Bote jenes großen Freundes der Menschheit und der Sozialreformen, Mr. Emilio Brassaro, geben wird.« Sie wollte sich schon abwenden, sagte aber noch: »Ach, du solltest es ausschalten, sonst verbrauchst du die Batterien. Viel Glück, General!«
Frechette faßte sie am Arm. »Wo willst du hin?«
»Irgendwohin! Nur weg von diesem Haufen falscher Revolutionäre. Seht euch die Jungs und Mädchen in dem großen dramatischen Meisterwerk, genannt Frechettes letzte Bastion, doch an! Ich hätte längst aussteigen sollen. Ich hätte euch an dem Tag verlassen sollen, an dem wir uns mit diesem lausigen New Yorker Gangster und seinen eiskalten Kerlen einließen, und damit meine ich Sie, Mr. Ovid, oder wie immer Sie wirklich heißen. Wir hätten dem Schweinehund gleich von Anfang an sagen sollen, er solle sich zum Teufel scheren . . .«
»Du redest, als hätten wir eine andere Wahl gehabt«, widersprach Frechette. »Du weißt doch, daß wir keine hatten, Joan. Dan war tot, und da hatten wir keine Möglichkeit, an den Sprengstoff heranzukommen, den wir brauchten, und keiner wußte, wie man eine Bombe . . . Wie auch immer, Brassaro hatte uns in der Hand. Er hätte uns den Behörden verraten, wenn wir nicht bereit gewesen wären, mit

ihm zusammenzuarbeiten.«
»Also nahmen wir seine komplizierten Bomben und seine dreckigen gebrauchten Maschinenpistolen und benutzten die drittklassigen Kinoaufbauten, in denen er uns unterbrachte, als Versteck –«
»Mr. Brassaro war uns sehr behilflich, und unsere Waffen und Verstecke wurden uns auf mein Ersuchen und meinen Angaben gemäß zur Verfügung gestellt. Ich kann dir sagen, Joan, ich habe mich sehr eingehend mit dem befaßt, was wir brauchen. Ich erwarte keine Dankbarkeit, aber meiner Meinung nach könntest du dich der Kritik an den Bemühungen anderer enthalten, bis du selbst solche Probleme zu lösen hast.«
Die Frau riß sich los. »Ich weiß. Ich tue ja sonst nichts als das Zeug hochgehen lassen, während du an der Spitze deiner Zehn-Mann-Armee marschierst. Versuch also einmal zur Abwechslung, auf den Knopf zu drücken, und sieh dir an, wie das ist. Lös doch du zur Abwechslung dieses Problem! Sogar wenn ich nicht die Nase davon voll hätte, dir zuzuhören, bin ich es müde zu versuchen, mir einzureden, wir könnten für menschliche Freiheit und Würde kämpfen und zugleich mit einem Parasiten wie Brassaro arbeiten.«
Ich beobachtete den Kleinen mit der Schrotflinte, doch die Anspielung auf seinen derzeitigen Brötchengeber schien ihn ungerührt zu lassen. Auch Frechette warf ihm einen beunruhigten Blick zu.
»Vielleicht sind Mr. Brassaros Motive nicht so sauber, wie es uns lieb wäre«, sagte er gezwungen, »aber er bekämpft dasselbe Establishment wie wir. In diesem Sinn ist er ein Verbündeter, und wenn wir zu heikel sind, um Hilfe anzunehmen, die uns angeboten wird . . .«
»Du redest, als bekämen wir sie umsonst!«
»Wir erfüllen gewisse Bedingungen«, sagte Frechette mit demonstrativer Geduld. »Man sagt uns Zeit, Ort und Signal, statt daß wir aufs Geratewohl loslegen, wie zu Dans Lebzeiten. Ist das so wichtig? Die psychologische Wirkung auf unsere Feinde ist die gleiche! Wir machen sie noch immer weich für den Tag, an dem wir unsere Forderungen stellen. Als Gegenleistung für Waffen zu unserer Selbstverteidigung, für geeignete Verstecke und für Bomben, die zünden, wenn sie sollen, statt uns irrtümlicherweise selbst in die Luft zu jagen, verzichten wir nur auf eine gewisse Handlungsfreiheit.«
Die Frau machte eine heftige Gebärde. »Also gut, ich nehme mir die Freiheit, die mir noch bleibt, und sehe zu, daß ich verschwinde. Und ich wiederhole, ihr solltet das Ding lieber abschalten, bevor die Batterien verbraucht sind.« Sie sah, wie Frechette seine Hand in Richtung

des Radios ausstreckte, aber auf halbem Weg innehielt. Sie lachte gellend. »Was ist denn los? Das Zeug ist meilenweit von hier entfernt. Hast du Angst vor einem lausigen kleinen Radio?« Sie legte den Schalter um. Das rote Licht erlosch. Sie blickte zu Sally und mir am Tischende, doch ihre Augen schienen auf einen weiter hinter uns liegenden Punkt gerichtet zu sein. Sie sagte zu Frechette: »Du würdest es verpfuschen, nicht wahr, Jake? Nach all der Mühe, die wir mit der Vorbereitung dieser Sache hatten, würdest du hingehen und versuchen, es zur falschen Zeit oder aus der falschen Distanz zu zünden, nur um nichts zu riskieren. Wenn es eine Möglichkeit gibt, es schiefgehen zu lassen, würdest du sie finden. Denn du hast Bombenangst, Jake, oder? Als damals Dans Bombe zu früh losging und dich beinahe auch erwischte . . . Seither hast du Angst davor, nicht wahr?«
Der Mann überraschte mich. Statt empört zu sein, sagte er ganz ruhig: »Das würde ich offen zugeben, Joan, wenn du dir deinen Entschluß anders überlegst. Du weißt ja, wir alle haben ungeheures Vertrauen zu dir.«
Es klang mir ein wenig unecht und übertrieben, doch die Frau überlegte es sich ganz ernsthaft und runzelte die Stirn. Als sie sprach, hatte sich ihre Stimme merkwürdig verändert, sie klang höher, fast kindlich.
»Du hast mir nicht viel Zeit gelassen.«
»Es bleiben dir noch mehrere Stunden, meine Liebe«, sagte Frechette.
»Du weißt nicht, was ich durchgemacht habe«, sagte Joan Market mit ihrer leisen, hohen, neuen Stimme. »Du scheinst nie zu begreifen, daß ich an diesen besonderen Tagen nicht abgelenkt werden darf. Immer streitest du mit mir, und das ist nicht richtig, Jake. Es ist nicht richtig!«
»Tut mir leid, Joan.«
»Ich brauche diese Zeit für mich allein, um . . . hältst du es für albern, wenn ich sage, ich muß mich läutern?«
»Das halte ich gar nicht für albern, meine Liebe.«
»Diese Menschen.« Sie starrte uns noch immer an, ohne uns zu sehen. »In der Ecke. Sie sind es wirklich nicht wert, über sie zu streiten, oder? Sie verdienen, was immer . . . Was immer du mit ihnen tun willst, es ist richtig. Entschuldige, daß ich soviel Aufhebens um sie gemacht habe . . . Es ist ein Opfer, verstehst du das nicht? Ich betrachte mich . . . vielleicht bin ich wieder albern, aber ich betrachte mich als eine Art Priesterin, und all diese Ablenkungen machen mich ganz fertig, wenn ich . . . alles in meinem Kopf klarkriegen will, da-

mit ich es ruhig und richtig und mit großem Respekt für jene tun kann, die durch unsere Hände sterben müssen, damit wir schließlich das erreichen . . .« Sie brach jäh ab, steckte das Radio in die Tasche und wandte sich zur Tür. Über die Schulter sagte sie mit ganz normaler Stimme: »Hol die Kinder, Ruth, ich lasse inzwischen den Lieferwagen warmlaufen.«
Sie zwängte sich neben Frechettes Stuhl durch und ging an Ovid vorbei zur Tür; bald darauf wurde die äußere Tür zur Kombüse geöffnet und geschlossen. Wir hörten sie über das Deck fortgehen, konnten sie aber wegen der schmuddeligen Gardinen an den Fenstern der Uferseite nicht sehen.

VIERUNDZWANZIGSTES KAPITEL

Mir wurde erst verspätet klar, daß wir gar keinem Streit beigewohnt hatten. Es war ein rituelles Schauspiel gewesen, das einem nebulosen psychologischen Bedürfnis diente. Die Diagnose wurde bestätigt, als ich das Mädchen mit dem Kopfband Manny zuflüstern hörte:
»Verdammt, wie oft müssen wir noch zuschauen, wie diese verrückte Person sich psychisch aufputscht? Immer fängt sie mit jemandem Streit an und versetzt uns alle in Angst. Meinst du, sie würde nur einmal ohne das Getue vorher hingehen und auf den blödsinnigen Knopf drücken?«
Manny stieß sie leise an. »Sei still, da kommt die Dicke.«
Es war schwierig, sie ernst zu nehmen. Sie erinnerten mich an einen ziemlich unfähigen, zankenden Kameraklub, dessen Mitglied ich in meiner ersten Zeit als Fotograf kurz gewesen war. Es war schwer, nicht zu vergessen, daß diese Klubmitglieder hier sich mit Waffen, hochbrisantem Sprengstoff und wütenden Protesten, nicht aber mit Kameras, Filmen und unklaren ästhetischen Theorien befaßten. In diesem Klubhaus waren ständig drei Maschinenpistolen und eine Schrotflinte zu sehen, ganz zu schweigen von kleinerer Artillerie, die vermutlich verborgen getragen wurde. Ich rief mir in Erinnerung, daß man von einem verrückten Amateur ebenso totgeschossen werden konnte wie von einem vernünftigen Profi.
Ohne sie direkt anzublicken, war ich mir bewußt, daß Ruth sich auf dem Weg zu unserem Tischende befand, da sie offensichtlich den Vorsitzenden am anderen Ende nicht stören wollte, indem sie ihre

Massen an ihm vorbeizwängte. Frechette beobachtete ungeduldig, wie langsam und schwerfällig sie sich fortbewegte. Er beschloß, nicht länger zu warten, und räusperte sich.

»Soviel also darüber«, sagte er. »Kommen wir nun auf den wirklichen Gegenstand dieser Sitzung zurück. Wie ich bereits sagte, der männliche Gefangene verdient keine Rücksicht; wir werden ihn mit Recht als den erbarmungslosen Mörder, der er ist, beseitigen. Was seine Komplizin anlangt, sind wir der Meinung, daß sie zwar nicht mit eigenen Händen unser Blut vergoß, aber doch als Köder behilflich war . . . Was gibt es, Ruth?«

Ich erfuhr nie, was Ruth sagen wollte, als sie neben mir stehenblieb, Frechette ansah und schüchtern die Hand hob, wie ein Kind in der Schulklasse. Die Aufmerksamkeit aller war auf sie gerichtet, das war der richtige Moment, loszuschlagen. Ich warf mich vorwärts und benutzte die Rücklehne des Stuhles der Frau mit dem roten Band, um mich von der Bettstelle hochzureißen. Das schleuderte die kleinere Frau zwischen mich und Ovids Schrotflinte, während ich Ruths weiche Masse dazu benutzte, sie unmittelbar auf die Mündung von Provosts Maschinenpistole zu stoßen. Kein Zweifel, es war sehr unritterlich, mich zwischen zwei Frauen zu ducken, aber ich schirmte auch Sally ab, und Ritterlichkeit hat in diesem Geschäft nichts zu suchen. Ich war mir klar, daß sich der Raum rechts von mir in Aufruhr befand. Frechette faßte nach der Waffe, die er auf den Tisch gelegt hatte. Manny sprang auf und schwenkte seine Maschinenpistole. Der junge Schwarze im Overall war schlau und warf sich in Erwartung des kommenden Feuerwerks zu Boden. Während ich das dicke Mädchen wieder gegen den Mann im Eingang zum Schlafraum stieß, eilte eine kleine Gestalt blitzschnell hinter mir vorbei: Das war Sally, die durch die Tür verschwand. Ich spürte kühle Luft an der Wange und hörte ein beruhigendes Aufklatschen im Wasser. Erstes Ziel erreicht. Das zweite Ziel, mein persönliches Überleben, würde nicht so leicht sein . . .

Als erstes feuerte das Gewehr. Ich sah aus dem Augenwinkel, wie Manny zusammenbrach . . . Manny? Da war etwas, an das ich mich erinnern sollte, etwas, das ich mir wieder ins Gedächtnis rufen sollte, aber dafür hatte ich jetzt keine Zeit. Eine Fensterscheibe zerbrach, und eine Maschinenpistole feuerte. Das mußte Frechette sein, der sich von dem Handgemenge im Inneren des Raums abwandte und sich mit dem klaren Ziel, dem Mädchen draußen im Wasser, befaßte. Ich nutzte die gesamte Kraft in meinem Rücken und in meinen Bei-

nen, um die sich wehrende, keuchende, schreiende Masse Ruths und Provosts, mit einem Schießeisen zwischen den beiden, durch den Türeingang zu bugsieren. Plötzlich ging die Waffe los, mit einem kurzen, dumpfen Bum. Hinter mir hörte ich wieder die Schrotflinte bellen.
»Ovid, du verdammter Verräter!«
Es war die Stimme des Mannes im Overall, schrill vor Wut. Eine Pistole knallte einmal. Nun, hatte ich nicht eine oder zwei verborgene Waffen erwartet? Meine Zeit ging zu Ende; plötzlich leistete Ruth keinen Widerstand mehr, kippte vornüber in den Schlafraum und riß Provost mit. Ich versuchte, aufrecht zu bleiben, doch eines meiner Beine konnte aus irgendeinem Grund kein Gewicht mehr halten. Nun, ich war bereits mehrfach getroffen worden, wußte aber nicht genau, wo oder wodurch. Ich ging zu Boden und landete auf etwas Hartem: Provosts Maschinenpistole. Er hielt sie noch mit einer Hand fest, während er versuchte, sich von Ruths Gewicht zu befreien; aber ich entriß sie ihm, drehte sie um und drückte auf den Abzug, als seine Gestalt sich zwischen mir und dem Schlafraumfenster erhob. Vier Schüsse mähten ihn nieder. Das waren also sieben Schüsse aus dem Zwanzig-Schuß-Magazin – vorausgesetzt, daß diese unfähigen Idioten sich die Mühe gemacht hatten, ein volles Magazin einzusetzen. Hinter mir krachte die Pistole, und ich wurde hart im Rücken getroffen. Frechettes Maschinenpistole ratterte wieder. Man sieht eine Menge blödes Zeug auf dem Bildschirm, wie Leute von Kugeln wie Blätter im Sturm umhergewirbelt werden. Zum Glück haben wirkliche Kugeln nicht so viel Schlagkraft, es sei denn, es handelt sich um Riesengewehre. Ich drehte mich um, alles funktionierte noch: Ich konnte sogar das Bein noch einigermaßen benutzen und sehen. Ich bekam ein klares Bild der Lage: Overall zielte mit einem 38er Revolver auf mich, Frechette zielte mit seiner Maschinenpistole aus dem Fenster. Ich schwenkte meine geborgte Maschinenpistole und säuberte diese Seite des Raums wie ein Mann, der zwei zweidimensionale Männerbilder an der Wand mit einem farbnassen Pinsel übermalt.
Als ich den Abzug losließ, war die Stille beängstigend. Ich hörte nichts als den Nachhall der Schüsse. Vorsichtig bewegte ich mich vorwärts. Das Bein hielt durch, wenn ich ihm nicht allzuviel abverlangte. Ich wußte, daß ich an mehreren anderen Stellen getroffen war, konnte mich aber damit nicht weiter abgeben. Ich sah mir den Raum an. Manny war durch den Feuerstoß aus Ovids Kanone mit dem ungezogenen Lauf beinahe der Kopf abgerissen worden; und

wenn es plausibel sein sollte, mußte mir das jemand noch langsam und sorgfältig erklären. Ich sah, daß Manny nicht der einzige war, den die Schrotflinte erledigt hatte. Die Frau mit dem roten Haarband hatte den Großteil der Ladung in den Leib bekommen; sie lag verkrampft auf dem Boden, die Maschinenpistole noch in den Händen, die sie dem sterbenden Manny entrissen hatte.
Ovid. Da fiel es mir ein. Ich hatte den kleinen Mann so eifrig gehaßt, daß ich die Tatsache aus meinen Gedanken verdrängt hatte, daß er mir im *Inanook* das Leben oder zumindest meinen Verstand vor Elsie Somersets Gehirnbratapparatur gerettet hatte. Nun hatte er mich offensichtlich ein zweitesmal beschützt . . .
Ich wollte mich nicht bewegen. Ich war der letzte Überlebende in der Hölle, selbst ein Sünder knietief im siedenden Blut anderer Sünder. Nun, nicht wirklich knietief, aber es war genug davon da, und ich war nicht imstande, elegant auf den Zehenspitzen darum herumzugehen. Ich setzte mich vorsichtig in Bewegung. Ich zerfiel zwar nicht in meine Bestandteile, aber es war nicht ganz schmerzlos. Langsam ging ich durch das blutige Chaos zur Kombüsentür, blieb stehen und nahm Mannys Maschinenpistole der toten Frau ab, dafür ließ ich ihr Provosts fast geleerte Waffe. Ovid saß dort mit der Schrotflinte auf den Knien. Auf seinem Hemd war Blut. Der Schwarze im Overall hatte mit seinem versteckten Revolver ganz gut geschossen. Ovids Augen waren auf den Türstock vor ihm gerichtet, doch als ich ihm die Schrotflinte abnahm, blickte er hoch.
»Wir haben einen Mordskrach geschlagen, nicht wahr, Mr. Helm?« flüsterte er.
»Mordskrach ist genau richtig«, sagte ich. »Wer zum Teufel sind Sie?« Er schien nicht zu hören. »Blödsinn«, hauchte er. »Ich hätte wissen müssen, daß der Schwarze bewaffnet war. Ex-Marinesoldat . . . Sie brauchen eine Menge Kindermädchen, Mr. Helm, für einen Mann von der V.«
»Wovon?«
»V. So nennen wir euch im Verein.« Seine Worte kamen langsam und mühevoll heraus. »V für Vernichtung. Das tut ihr doch, vernichten, oder? Wir bemühen uns, mit der Regierung gar nicht in Konflikt zu geraten, doch manchmal müssen Risiken eingegangen werden. Hängt vom Amt ab. Aber es heißt, wenn man jemand von der V anrührt, ist man tot. Gleich oder in fünf Jahren. Die führen ein Verzeichnis in Washington und vernichten einen auf ihre Weise, wann sie wollen, gleichgültig, wie groß man ist. Fredericks in Reno. Warfel

in Los Angeles – also der wurde auf eine Drogenanklage hin eingesperrt, aber sein Gorilla, der einen V-Agenten erschossen hatte, starb mit mehreren anderen, und es war gar nicht gut für die draußen an der Westküste. Und in beiden Fällen hatte V dort einen großen, mageren Unruhestifter, einen gewissen Helm, der herumschnüffelte. Mir kommen Sie gar nicht so vor, Mr. Helm. Ich hatte es sehr schwer, Sie am Leben zu erhalten.«
»Tut mir leid«, sagte ich. »Wahrscheinlich war ich nicht ganz in Ordnung. Warum haben Sie Kitty Davidson erschossen?«
»Ich mußte mir das Vertrauen dieser Bande von Irren erhalten, indem ich tat, was sie wollten, bis . . . Brassaro ist ein Narr, daß er das Syndikat in so etwas verwickelt. Als wir seinen Mann hier draußen verloren und einen anderen suchten, sagten die Herren von der Leitung zu Otto Renfeld, gib ihm einen guten Mann, Otto, der die Dinge dort drüben im Westen für uns regelt und sie nicht noch verschlimmert, wir erledigen die Dinge im Osten, in New York. Und Otto sagte mir, bring die Schweinerei in Ordnung, Heinie, und laß um Himmels willen diese Bohnenstange von einem Regierungsmann nicht umbringen, sonst bekommen wir diesen Haufen von Profis an den Hals. Du brauchst ihn nicht in guter Laune zu erhalten, brauchst ihm weder Schnaps noch Weiber zu besorgen . . . er muß nur am Leben bleiben. Emilio hat uns schon genug Probleme gebracht, auch ohne . . . Nun, wir brachten es in Ordnung, nicht wahr, Mr. Helm? Mit einem Mordskrach . . . Sagen Sie Otto . . . Sagen Sie Otto . . .«
»Ja, Heinie«, sagte ich. »Ich werd' es Otto sagen. Danke.«
Er hörte mich nicht mehr. Ich stand noch eine Weile dort und sah zu ihm nieder. Der Verein, das Syndikat, die Mafia, Cosa Nostra . . . War nicht gerade mein Gebiet, aber wie Heinie gesagt hatte, ich war mit dieser lose geknüpften Verbrecherorganisation einige Male aneinandergeraten. Offensichtlich hatte ich genügend Eindruck gemacht – oder vielmehr Macs Abteilung –, um meine Haut zu retten . . .
»Ruth!« Die Stimme kam schwach von draußen, vom Ufer her. »Warum kommst du nicht, Ruth? Was war das für ein Lärm? Ich konnte wegen des laufenden Motors im Lieferwagen nichts hören . . . Ist was los, Ruth?«
Ich hörte jemanden sagen: »Nein! Hau ab! Verdammt noch mal! Ich will nicht . . . Es genügt! Hau ab!«
Es war meine Stimme. Doch es kümmerte keinen, was ich wollte. Ich war nicht hier, um meine Wünsche zu befriedigen. Ich sah die beiden

Waffen an, die ich hatte. Schrotflinte auf vierzig Meter verläßlich, mehr nicht. Die Maschinenpistole etwas weiter, vielleicht fünfzig oder sechzig. Nicht genug. Ich legte sie weg und stieg über Ovids Leiche in die Kombüse, um das Gewehrfutteral zu holen, das ich früher dort gesehen hatte. Es lag auf dem Küchentisch. Ich benutzte ungern, auf welche Distanz auch immer, ein von jemand anderem, auch von einem Profi wie Ovid, einvisiertes Gewehr, hatte aber guten Grund zu wissen, daß diese Waffe auf zweihundert Meter todsicher ins Schwarze treffen würde; schließlich hatte ich eines seiner Ziele gesehen.
Ich zog die Waffe aus der Plastikhülle, nahm die Schutzkappen vom Visier und eine Schachtel Patronen aus einer Tasche mit Reißverschluß. Dann zog ich das Schloß auf, legte eine Patrone in die Kammer und machte das Schloß wieder zu. Das Gewehr war entsichert. Ich hielt es behutsam, wie man es mit einer Waffe tut, die schußbereit ist, und ging zur Kombüsentür.
»He, Ruth, was trödelst du so? Wir haben nicht den ganzen Tag Zeit! Was zum Teufel ist los, Ruth?«
Sie war jetzt näher. Ich öffnete die Tür. Sie sah mich, starrte mich an, raffte ihren langen Rock hoch und begann die Schotterstraße vom Pier nach oben zu laufen. Ich setzte das Fadenkreuz an die richtige Stelle und drückte leicht auf den Abzug; es war ein einfacher, glatter Schuß auf neunzig Meter etwa. Dann stellte ich das Gewehr weg. Ich schlug die Luke im Küchenfußboden zu und hakte sie fest, obwohl das Bücken kein Spaß für mich war. Dann schleppte ich mein schwaches Bein langsam zurück durch das Schlachthaus zur Tür auf der Flußseite und hinaus auf Deck. Da stand ich und blickte auf den Fluß hinaus, aber dort war nichts als Treibholz zu sehen. Viel Glück, Sally, wo immer du bist.
Nach einer Weile mußte ich mich setzen.

FÜNFUNDZWANZIGSTES KAPITEL

Da ich keine Ahnung hatte, wo sich der Schleppkahn befand oder auch nur der Fluß, konnte ich auch nicht wissen, wo das Krankenhaus lag, in das man mich brachte. Es war nicht weit von dort. Sally war unverletzt durchgekommen. Es war gut, daß sie Hilfe fand und man mich rasch abtransportierte, sagte man mir, denn ich war ziem-

lich ausgeblutet und wäre nicht mehr lange am Leben geblieben. Dann pumpten sie literweise Blut in mich hinein und holten eine Menge Blei aus mir heraus.
Irgendwann, als ich kräftig genug war, einen Hörer zu halten, führte ich ein Gespräch mit Mac. Er lachte, als er hörte, wie man uns in Syndikatskreisen nannte, sagte aber, das sei eine sehr befriedigende Haltung. Vielleicht würde das auf lange Sicht das Leben anderer Agenten ebenso retten wie meines. Den Berichten nach, die ihn erreicht hatten, schiene ich meinen inaktiven Status wohl nicht ernst zu nehmen, daher tue er es auch nicht. Ich hatte den Eindruck, daß er noch nicht einmal mit dem erforderlichen Papierkrieg begonnen hatte; er wußte, ich würde wiederkommen. Am Ende kommen wir immer wieder.

»Hören Sie doch auf«, sagte ich eines Tages zu Ross. »Sie reden so, als müßte ich mich schuldig fühlen oder dergleichen.«
»Also schön, ich habe Vorurteile. Ich denke über Terroristen genauso, wie manche Leute über Rauschgifthändler.«
Es war das erstemal, daß wir uns unterhielten. Früher war ich dann und wann aufgeweckt worden, um in benebeltem Zustand Fragen zu beantworten, heute aber konnte ich sehen, daß wir alles schön zusammenstellen und mit Geschenkpapier und roten Bändern verpakken würden. Die Krankenhausfenster waren voller Regentropfen. Da fiel mir meine Sehnsucht nach einer Tropeninsel wieder ein; aber wer will schon allein auf eine Tropeninsel?
Ich sagte: »Wenn einer hingehen und einen bestimmten Politiker erschießen will, dessen Politik ihm nicht paßt, okay. Das ist kein Terrorist auf meiner Liste. Er hat sein bestimmtes Ziel und geht alle Risiken ein, die mit dem Mordversuch verbunden sind. Und wenn er ein paar Söldner des Establishments wie Sie oder mich erwischen will, auch okay. Dafür werden wir bezahlt, das ist unser Risiko. Die Fanatiker von *Inanook* aber wollten genau die menschlichen Werte zerstören, von denen sie behaupten, sie versuchten sie zu retten. Sie gehen hin und tun es auf die leichte Art, sprengen einfach irgend jemanden in die Luft, der zufällig zur Stelle ist, praktisch ohne Risiko, indem sie genau auf die Sorge um Menschenleben und Würde zählen, die wir angeblich nicht haben . . . Mit anderen Worten, sie versuchen von genau jenen menschlichen Gefühlen zu profitieren, von denen sie behaupten, daß wir sie nicht haben. Zum Teufel mit Ihnen!«
Ich hatte viel Zeit gehabt, darüber nachzudenken, als ich dort lag, und mir einige Erklärungen zurechtgelegt, aber ich merkte, daß ihn meine

philosophischen Schlußfolgerungen wenig interessierten.
»Haben Sie die Bombe gefunden?« fragte ich.
»Ja, das Mädchen sagte es uns. Das dicke Mädchen.«
»Ruth?« Meine Stimme klang noch immer schwach, aber sie besserte sich. »Sie hat überlebt?«
Ross nickte. »Sie wird angeblich, bei entsprechender Behandlung, auch wieder gehen können. Viel Gelegenheit für Wanderungen wird sie allerdings dort, wo sie für mehrere Jahre hinkommt, nicht haben.«
»Sonst jemand?«
»Wenn Sie sich über Ihre reizvolle chinesische Partnerin Sorgen machen – Sie fragten nach ihr, als wir Sie fanden, erinnern Sie sich? Miss Wong ist wohlauf, sie litt natürlich ein wenig an Unterkühlung, konnte aber nach einer Nacht im Krankenhaus heimgehen.« Er zögerte. »Was die anderen auf dem Schleppkahn anlangt: diejenigen, die unten waren, verließen ihn durch eine Luke achtern. Das, was sie in der Kajüte sahen, schien ihnen nicht zu gefallen. Sie nahmen sich keine Zeit, um die Lebenden von den Toten zu scheiden. Sie rannten einfach davon. Wir haben die meisten von ihnen eingefangen.«
»Wohin haben diese zwei verrückten Frauen den verdammten Knallfrosch gelegt?«
»In den Flughafen«, sagte Ross. »Hätte man ihn im richtigen Moment gezündet, hätte er die meisten der ankommenden Passagiere eines internationalen Fluges aus New York sowie die Menschen, die sie erwarteten, vernichtet. Aber es handelte sich natürlich nicht nur darum, einen Zeitzünder einzustellen, nicht wahr?«
»Nein. Sie sollten die Bombe auf ein Signal hin zünden. Brassaro schickte jemanden, der ihnen angegeben hätte, wann.«
»Ja, wir haben seine Beschreibung von Ruth. Wir suchen ihn. Wir haben auch . . . noch jemand anderen. Fühlen Sie sich imstande, Besucher zu empfangen? Die Leute haben darum gebeten, man solle sie mit Ihnen sprechen lassen.«
»Verdammt, schicken Sie sie rein, wer immer es ist.«
Er ging zur Tür und öffnete sie. Ein Mann und eine Frau traten ein. Der Mann war Dr. Albert Caine vom *Inanook*-Krankenhaus, ebenso elegant und distinguiert aussehend wie eh und je, mit einem perlgrauen Hut in der Hand. Die Frau kannte ich nicht. Sie war groß und blond und sehr reizvoll, wenn man Damen in schmucken Herrenanzügen gern mag. Auf mich wirkte sie wie aus einer Operette, wie aus einem alten Film mit Marlene Dietrich in Frack und weißer Binde. An ihrem Gesicht war irgend etwas nicht ganz in Ordnung. Als sich

ihr Ausdruck veränderte, um konventionelles Mitleid mit dem verbundenen Mann im Bett auszudrücken, wurde mir klar, daß nicht alle Gesichtsnerven und -muskeln richtig funktionierten. Es war keine Maske, aber auch kein richtiges, organisch gewachsenes menschliches Gesicht. Es war das Gesicht einer Frau, deren Züge nach einem schrecklichen Unfall oder einer brutalen Mißhandlung wiederhergestellt worden waren.
»Mrs. Brassaro, Mr. Matthew Helm. Und Sie erinnern sich natürlich noch an Dr. Caine, Helm.« Ross warf der Frau einen Blick zu. »Mrs. Brassaro möchte Ihnen von der Operation Perle erzählen.«
Die Frau sagte: »Die Perle bin ich.« In ihr Gesicht kam ein wenig Farbe, und sie warf dem Mann neben sich einen merkwürdig schüchternen Blick zu. »Also, ich heiße eigentlich Grace, aber . . . gewisse Leute nennen mich unter gewissen Umständen Perle, Sie verstehen, was ich meine. Leider bekam mein Mann einen Brief in die Hand, einen Liebesbrief, in dem . . . Nun, jedenfalls bin ich die Perle, und er wollte mich töten lassen. Und natürlich auch Albert. Und ich . . . wir möchten Ihnen dafür danken, Mr. Helm, daß Sie uns das Leben gerettet haben. Als Emilio mich schließlich freigab, hätte ich wissen müssen, daß er etwas Schreckliches im Sinn hatte. Bedanke dich bei dem netten Mann, Albert, und dann wollen wir gehen und ihn nicht länger ermüden.«
Er sagte gehorsam: »Wir sind Ihnen sehr dankbar, Mr. Helm.«
Ich hatte nicht den Eindruck, daß der Arzt mir gegenüber sehr heftige Gefühle der Dankbarkeit hegte. Seine Gefühle schienen mir vielmehr auf etwas anderes konzentriert zu sein. Sie waren keine Leute, die ich besonders gern mochte, beide nicht, aber es freute mich, daß sie zusammen waren. Dann schloß sich die Tür hinter ihnen.
»Wir haben nichts wirklich Ernstes gegen Caine«, sagte Ross. »Angesichts der Verästelungen und Komplikationen des Falles erscheint es einfacher, ihn mit der trauernden Witwe plangemäß nach Mexiko gehen zu lassen.«
»Witwe?«
»Ja. Brassaro wurde vor zwei Tagen in New York erschossen. Die Arbeit eines Profi. Ihre Rauschgiftabteilung ist enttäuscht: Nachdem Mrs. Brassaro erfuhr, wie ihr Mann sie ermorden wollte, gab sie ihnen ausreichende Informationen, um eine Verhaftung zu rechtfertigen.«
»Alles also nur, damit ein Gangster seine Frau umbringen und endgültig Rache dafür nehmen konnte, daß sie ihn betrogen hatte? Das erscheint mir etwas übertrieben!«

»Ich glaube, Sie durchschauen den Fall nicht ganz«, sagte Ross. »Die Maschinerie hier lief nun einmal. Aber Brassaro muß eingesehen haben, daß deren Nützlichkeit sich überlebte; er spürte den Druck des Syndikats. Da beschloß er, sie noch einmal für seine persönlichen Zwecke einzusetzen, bevor er den Laden dichtmachte. Doch ursprünglich hat er diese Leute nicht benützt, um seinen Rachedurst zu befriedigen, sondern um Profite zu sammeln. Wir haben Ursache zu der Annahme, daß er zum Beispiel eine gute halbe Million Dollar an McNair verdiente.«

»An McNair?« Mir fiel ein, daß ich den Namen vor langer, langer Zeit in einer Zeitung in einem anderen Krankenhaus gelesen hatte.

»Andrew McNair. Einer unserer kanadischen Politiker mit widersprüchlicher Politik und sehr reichen Feinden. Er wurde bei der Explosion der Fähre in Tsawwassen getötet. Und in San Francisco, in der Busstation, die in die Luft flog, starb ein Staatsanwalt, dessen Kreuzzug einige mächtige Unterweltleute in einer anderen Stadt störte. Durch die Explosion im Flughafen von St. Louis wurde ein dickköpfiger Geschäftsmann umgebracht, der einer internationalen Firmenfusion im Weg stand . . . Ich könnte noch mehr aufzählen, aber Sie verstehen nun die allgemeine Linie. Ich schätze, der Preis war eine halbe Million Dollar pro Kopf: diskrete Menschenbeseitigung, unsere Spezialität. Ohne jedes Risiko! Keine peinlichen Morde, keine verdächtigen Unfälle. Es war natürlich *Mord,* aber keiner, bei dem den Feinden des Opfers unangenehme Fragen gestellt würden, bloß das willkürliche gemeine Verbrechen eines Haufens amtsbekannter, verrückter Revolutionäre. Wer würde vermuten, daß irgend jemand einen ganzen Flughafen oder Autobus in die Luft sprengt, nur um einen einzigen Mann oder eine Frau loszuwerden?«

Ich stieß einen leisen Pfiff aus. »Ich verstehe, warum das Syndikat beschloß, dem Unternehmen ein Ende zu machen. Dort mag man es nicht, wenn es wegen organisiertem Verbrechen zuviel böses Blut gibt. Wenn der Zusammenhang zwischen Brassaro und der PPP je öffentlich bekannt geworden wäre . . . Wie gelang es Brassaro eigentlich, diese Protestgruppe in seine Gewalt zu bekommen?«

»Ich glaube, das war eher ein Zufall«, sagte Ross. »Wie wir hörten, verfolgte Brassaros Killer Christofferson, den wir hier als Walters kannten, einen bestimmten Mann, den Brassaro im Auge hatte. Die Spur führte nach Kanada. Das Opfer versteckte sich in einem Bahnhof, der prompt in die Luft flog, wobei er umkam. Sehr angenehm für Christofferson. Das war die Explosion in Toronto, bei der der Bom-

benleger, Dan Market, zusammen mit Miss Davidsons Ehemann gleichfalls ums Leben kam. Offenbar sah Christofferson, der sich weit genug vom Explosionsherd befand, um nicht verletzt zu werden, daß eine Frau in der Nähe sich auffällig benahm. Es war Mrs. Market, die soeben gesehen oder zumindest gehört hatte, wie ihr Mann starb. Christofferson merkte, daß sie mit der Explosion etwas zu tun hatte, und da der Mann, auf den er es abgesehen hatte, tot war, verfolgte er sie zu dem Ort, wo ihre Kameraden warteten. Das alles wissen wir von Ruth, die zwar keine verläßliche Quelle ist, aber ich halte das Ganze für ziemlich wahrscheinlich.«
»Und da schaltete sich Brassaro ein und übernahm die Leitung. Ich kann es noch immer kaum glauben, daß ein Haufen überzeugter Idealisten, sogar gewalttätiger Idealisten, sich derart benutzen läßt.«
»Es ging darum, entweder zu tun, was Brassaro wollte, oder ihren Kreuzzug aufzugeben und ins Gefängnis zu wandern. Ihr einziger Sprengstoffachmann – von eigenen Gnaden – hatte sich soeben ins Jenseits befördert. Anscheinend brüstete sich Frechette, ein praktischer Mensch zu sein, und überredete die anderen. Von da an zündete die PPP ihre Bomben, wo und wann Brassaro es befahl. Dafür erhielt sie Vorräte, Waffen und Schutz nach Wunsch. Christofferson-Walters agierte gewissermaßen als Verbindungsoffizier, half ihnen und hielt sie auf Vordermann. Als Walters schließlich mit Ihrer Hilfe umkam, war Brassaro gezwungen, einen anderen energischen Betreuer für die PPP zu engagieren, der, wie sich herausstellte, in Wirklichkeit für Leute arbeitete, die im Syndikat großen Einfluß hatten und fürchteten, daß der Blutgeruch von Brassaros Mordunternehmen auch bei ihnen zu bemerken wäre.« Ross sah mich scharf an. »Ich werde Sie nicht fragen, ob Sie von Ihrem Gedächtnisverlust, was Walters Verschwinden anlangt, geheilt sind. Miss Wong ließ etwas durchblicken, das mich als gewissenhaften Vertreter des Gesetzes annehmen läßt, daß ich über den Vorfall nicht mehr erfahren soll, als ich schon weiß.«
»Ich kann mich im Zusammenhang mit Walters an nichts entsinnen.« Ich fixierte ihn eine Weile. »Sie machen mir weniger die Hölle heiß, *amigo*, als ich erwartet hatte. Das letztemal, als ich mich hier in Kanada aus einer Falle befreite, kritisierten Sie mich heftig, weil ich diese armen kleinen, hilflosen Asylwärter angriff. Was ist daran so verschieden im Vergleich zu dem Kampf auf dem Schiff?«
Er schwieg eine Weile, dann antwortete er ein wenig steif: »Wie immer Ihre Methoden waren, Sie haben auf dem Flughafen tatsächlich

eine schreckliche Tragödie verhütet, Helm.« Als ich nichts sagte, fuhr er fort: »Verdammt, Mann, wie kann ich Ihre Methoden kritisieren, wenn meine Methoden Sie beinahe das Leben gekostet hätten? Diesmal hatte ich Ihnen Sicherheit versprochen, nicht wahr? Ihnen und . . . und Miss Davidson.«
Das war mir auch aufgefallen, aber ich hatte wirklich nicht erwartet, daß er es ebenfalls merken würde. Vielleicht war mehr an dem Mann, als ich angenommen hatte.
Ich sagte: »Sie haben zwei Männer verloren, die uns zu schützen versuchten. Zumindest nahm ich an, sie müssen ausgeschaltet worden sein, sowohl der Beschützer Kittys als auch der, welcher mich bewachte.« Ross nickte leise. Ich sagte: »Verdammt, Sie konnten kaum erwarten, daß die mit einem ausgewachsenen Guerillaüberfall fertigwerden könnten.«
Ich wußte nicht, weshalb ich ihn zu verteidigen versuchte, es sei denn, daß er kein Interesse zu haben schien, sich selbst zu verteidigen. Er schüttelte unwillig den Kopf. Er ließ meine Argumente nicht gelten.
»Sie sah . . . sehr hilflos aus, wie sie in ihrem hübschen Kleid dort lag, nicht wahr, Helm? So klein und hilflos. Und ich war der Mann, den sie zuerst um Schutz gebeten hatte, als sie merkte, daß sie einen Job übernommen hatte, dem sie nicht gewachsen war. Ich ließ sie sterben«, sagte er bitter. »Ich war zornig. Ich dachte, sie hätte mit Ihnen eine schlechte Wahl getroffen; offen gesagt, ich denke es noch immer. So nahm ich die ersten beiden Männer, die verfügbar waren, dachte mir, zum Teufel mit ihr . . .« Er brach ab und sah mich scharf an. »Ich werde Ihnen etwas sagen, Helm. Bombe oder nicht, ich bin froh, daß Sie diese mörderischen Irren beseitigt haben, Sie und der kleine Gangster aus St. Louis. Gott helfe mir, ich wünschte, ich wäre dabeigewesen! Als wir die anderen schnappten, ertappte ich mich dabei, einen Vorwand zu suchen, sie alle umzulegen. Hätte nur einer von ihnen den Finger gekrümmt, ich hätte die ganze Bande erledigt. Was für ein Polizeibeamter bin ich also?«
»Ein menschlicher, nehme ich an«, sagte ich. »Gibt es denn andere?« Nach einer Weile sagte ich: »Sie war ein reizendes Mädchen.«
Es klang sentimental und unangemessen, doch ich merkte, daß er verstand, was ich damit meinte. Wir schwiegen eine Zeitlang. Mir wurde klar, daß es zwischen uns keine Differenzen mehr gab. Wir waren einfach zwei Männer, die dasselbe Mädchen geliebt hatten, das jetzt tot war. Nach einigen Sekunden nickte er mir kurz zu und

ging.
Am nächsten Morgen besuchte mich Sally Wong. Ich sagte zu ihr, sie sei mein liebstes Beruhigungsmittel, was sie wieder als Kritik an ihrem Beruf auffaßte. Vielleicht war es das auch. Da wir uns gegenseitig das Leben gerettet hätten, sagte sie, sollten wir aufhören, uns zu streiten.
Wir hörten auf.

PRODUKTION
EDITO-SERVICE S.A., GENF

PRINTED IN ITALY